# 慢品
# 人间
# 烟火色

张双 编著

U0113719

台海出版社

图书在版编目（CIP）数据

慢品人间烟火色 / 张双编著 . -- 北京 : 台海出版

社 , 2023.11

ISBN 978-7-5168-3723-8

Ⅰ . ①慢… Ⅱ . ①张… Ⅲ . ①诗集—世界②散文集—

世界 Ⅳ . ① I11

中国国家版本馆 CIP 数据核字 (2023) 第 219131 号

# 慢品人间烟火色

编　　著：张　双

出 版 人：蔡　旭　　　　　　选题策划：吕玉萍
责任编辑：姚红梅　　　　　　封面设计：韩海静

出版发行：台海出版社
地　　址：北京市东城区景山东街 20 号　邮政编码：100009
电　　话：010-64041652（发行，邮购）
传　　真：010-84045799（总编室）
网　　址：www.taimeng.org.cn/thcbs/default.htm
E-m ail：thcbs@126.com

经　　销：全国各地新华书店
印　　刷：三河市燕春印务有限公司
本书如有破损、缺页、装订错误，请与本社联系调换

开　　本：710 毫米 × 1000 毫米　　1/16
字　　数：178 千字　　　　　　　印　　张：16
版　　次：2023 年 11 月第 1 版　　印　　次：2023 年 11 月第 1 次印刷
书　　号：ISBN 978-7-5168-3723-8

定　　价：59.00 元

# CONTENTS

# 青春篇

须知少日拏云志，曾许人间第一流。

——清·吴庆坻《题三十小像》

**【赏析】**

还记得年少时的梦吗？曾想过要仗剑天涯行走四方，而后一飞冲天，直入云霄；也曾许诺要做这世间第一潇洒的人物。

**【人生感悟】**

要记得年少时的梦啊！这是你为自己播种的一棵大树，撑起的一片绿荫。我们要珍惜年少时的梦想，勇敢地去追求，让它成为我们人生旅程中最美的风景。

白玉谁家郎，回车渡天津。

——唐·李白《洛阳陌》

**【赏析】**

那生得丰神俊逸如白玉般的少年是谁家的呢？他已经乘坐着马车走过了天津桥。

**【人生感悟】**

春色再美，春光正盛，却也不及少年的惊艳，不经意间的一亮相，无论是意气风发的姿态，还是写满了活力朝气的眉眼，无不令人心驰神荡，深深地刻入脑海里。

绿发青衫美少年，追风一抹紫鸾鞭。

——宋·孙觌《送五侄归南安》

**【赏析】**

穿着青衫、面容青涩的美少年，手里拿着华丽的鸾鞭，追逐着风向前疾行。

**【人生感悟】**

英姿勃发的美少年，志得意满，一路纵马放歌，追逐天边的风，攀登世上最高的山峰，天地任他遨游，不曾为谁停留。

翩翩我公子，机巧忽若神。

——东汉·曹植《侍太子坐诗》

【赏析】

有风度的人，举手投足间都散发着迷人的魅力。

【人生感悟】

拥有风度的人通常拥有自信和从容，他们能够积极面对挑战，处理各种情况，给人留下良好的印象，让人愿意与他们共事和交往。

扫堂延枕簟，公子气翩翩。

——宋·黄庭坚《次韵曾子开舍人游藉田载荷花归》

【赏析】

举止文雅的公子，待人接物格外大方自信，衣袖摆动间难掩高贵典雅的气质。

【人生感悟】

优雅不是被细节束缚，而是一举一动都顺畅、舒服、自然，做最真的自己也是一种优雅。

旧游无处不堪寻。无寻处，惟有少年心。

——宋·章良能《小重山·柳暗花明春事深》

【赏析】

回顾过去的美好时光，无论何时何地，都是一种宝贵的体验。即使物是人非，时间已逝。

**【人生感悟】**

无论年岁如何增长，不要忘记内心的童真和纯真，保留美好回忆，并保持年轻的心态。时光缓缓流淌，永远保持对生活的热情和好奇心，不断追求新的体验和梦想。

少年强则国强，少年独立则国独立；少年自由则国自由；少年进步则国进步。

——近现代·梁启超《少年中国说》

**【赏析】**

少年的肩膀承载着国家的未来和希望，少年独立自主、朝气蓬勃、奋发有为，这样国家和民族才能有希望。

**【人生感悟】**

岁月泼墨，时序轮转。在不同的时候，总有一群少年迈着坚定从容的步伐，用奋斗书写出青春的诗篇。少年，你尽管去追梦，带着祖国的期许，走出灿烂的人生。

画凌烟，上甘泉。自古功名属少年。

——宋·陆游《长相思·面苍然》

**【赏析】**

年岁已老的我，即便满腹才华又有何用呢？只能每日悠闲度日，被朝廷册封重用，这些丰功伟绩自古以来就非少年人莫属。

【人生感悟】

如果能够年少有为，谁又愿意大器晚成呢？人要在年轻的时候为了理想拼搏，建功立业，不然在时代的洪流里，只会被冲刷得无影无踪。

少年负壮气，奋烈自有时。

——唐·李白《少年行二首》

【赏析】

少年身负壮志，将来自有奋发激烈之时。

【人生感悟】

如果一个人没有志向，就会一辈子无所事事、碌碌无为。如果在年少时便立下伟大志向，那么便会为了目标而拼搏进取。生活中

的丰功伟业还有日常小事，皆是如此。

---

**积石如玉，列松如翠。郎艳独绝，世无其二。**

——宋·佚名《白石郎曲》

---

**【赏析】**

似玉一般的石头堆垒在一起，似翡翠般一样的松树排列成行，高耸入云。白石郎的身姿容貌天下绝无仅有，世间再也寻不到第二个像他这般丰神俊逸的人了。

**【人生感悟】**

少年郎不只有俊朗清秀的脸孔，还有洒脱俊秀的风度。而这种朝气蓬勃代表着青春的活力和无限可能，激励着人们追求美好的生活，为实现梦想而努力。

绣面芙蓉一笑开，斜飞宝鸭衬香腮。眼波才动被人猜。

——宋·李清照《浣溪沙·闺情》

【赏析】

少女嫣然一笑，面容宛若芙蓉花儿迎风绽放，云鬓上的宝鸭发钗将香腮映衬得越发白润。情窦初开的她眉眼里的欢喜藏不住了。

【人生感悟】

谁说女子一定要端庄，如此天真娇羞的情态多么惹人喜爱啊！容颜终究会随着时间的流逝而老去，但一种独特、与众不同的气质却能让一个人在任何年龄阶段都焕发出迷人的魅力。

娉娉袅袅十三余，豆蔻梢头二月初。春风十里扬州路，卷上珠帘总不如。

——唐·杜牧《赠别二首·其一》

**【赏析】**

这位十三四岁的少女，身姿婀娜柔美，像极了枝头含苞欲放的豆蔻花，是如此鲜活娇艳。她的美貌足以让十里扬州路上的佳人姝丽黯然失色。

**【人生感悟】**

春风十里不如你，正值青春年华的少女，她们娇俏可爱、青春无敌，像极了枝头的花儿，欲向世界展现自己的风姿。

疑怪昨宵春梦好，元是今朝斗草赢。笑从双脸生。

——宋·晏殊《破阵子·春景》

**【赏析】**

在乡间小路邂逅的少女们欢喜地聚在一起，用寻来的芳草悠闲地玩起了斗草的游戏。原来昨夜那场好梦是今日斗草取胜的好兆头啊！

**【人生感悟】**

天真、俏皮的少女们也可以像阳光一样明媚，闲暇时约上三五闺蜜，一起赏春、游玩，享受悠闲美好的时光。粉嫩的荷花丛中，好似一朵朵荷花在向少女绽放。正处于花季的少女，她们生动的眉眼比花儿还要闪亮。

妾发初覆额，折花门前剧。

——唐·李白《长干行二首》

**【赏析】**

天真灿烂的少女还没有束发时，喜欢在门前折花嬉戏玩耍。

**【人生感悟】**

谁说女孩一定要长成娇嫩的花儿，只要你想，你就可以长成翠竹，长成大树，长成任何你想要的样子。

危冠广袖楚宫妆，独步闲庭逐夜凉。自把玉钗敲砌竹，清歌一曲月如霜。

——唐·高适《听张立本女吟》

**【赏析】**

静谧的夜晚，一位少女戴着高高的帽子正在幽静的庭院中散步。她打着节拍低声唱着歌，歌声像极了清冷的月光。一曲清越的歌声之后，月光显得更加皎洁。

**【人生感悟】**

我可以俏皮活泼，也可以文静典雅，兴起时歌唱，忧伤时起舞，只做随心的我，不被定义的女子。

细语人不闻，北风吹裙带。

——唐·李端《拜新月》

**【赏析】**

将心中的万般思绪向新月倾吐，喃喃细语饱含深情，这时一阵北风吹动了裙摆。

**【人生感悟】**

如果你也藏着各种心事，却又无处宣泄，那么便对清风、明月去诉说吧！

花似伊，柳似伊。花柳青春人别离。

——宋·欧阳修《长相思·花似伊》

**【赏析】**

眼前绚丽的花儿像你，柔美的柳枝也像你，花柳开得最盛，人却要别离。

**【人生感悟】**

眼前即便花红柳绿美景如画，却无心欣赏，因为心里填满了离别的伤感。如花美眷似水流年，愿有情人能长相厮守。

行到中庭数花朵，蜻蜓飞上玉搔头。

——唐·刘禹锡《和乐天春词》

**【赏析】**

少女来到幽静的庭院里，低下头去数着盛开的花朵，一只翠色的蜻蜓飞来，落在了她的玉簪上。

【人生感悟】

有一种美叫作浑然不觉，你站在庭院里看风景，却不知看风景的人也正在看你。

北方有佳人，绝世而独立。一顾倾人城，再顾倾人国。

——汉·李延年《李延年歌》

【赏析】

北国有一位美人，样貌举世无双，她清新超俗与众不同。她只要眼眸一转，对守城士卒瞧上一眼，便可令城池失守；倘若再对君王一转秋波，国家就要遭受灭亡的灾祸。

【人生感悟】

纵使没有倾国倾城的美貌，每个人也有绽放魅力的机会。我们要重视个人的独特品质和魅力，而不是被传统外貌标准所左右。

荷叶罗裙一色裁，芙蓉向脸两边开。

——唐·王昌龄《采莲曲》

【赏析】

采莲少女的罗裙与碧绿的荷叶同色，她们那娇艳的脸庞掩映在粉嫩的荷花丛中，好似一朵朵荷花再向少女绽放。

【人生感悟】

正值青春的花季少女，她们生机勃勃、活力四射的气质，使得她们的脸庞比盛开的花朵更加芬芳、更加闪亮。她们像一朵朵盛开的花朵，充满生命力，不畏困难，勇往直前。

**裙衩芙蓉小，钗茸翡翠轻。**

——唐·李商隐《无题》

**【赏析】**

少女穿着一袭粉色的荷花裙，乌发里插着形状如翠鸟尾上缤纷羽毛的翡翠钗。

**【人生感悟】**

我们可以素面朝天，也可以浓妆淡抹；可以锦衣华饰，也可以粗布荆钗……奋进努力，做自己的底气。

**十岁去踏青，芙蓉作裙衩。**

——唐·李商隐《无题二首》

**【赏析】**

娇俏的少女，伴着朗朗清风，穿着荷花色泽的裙子去野外踏青，碧草红裙相映生辉。

**【人生感悟】**

遇见春，遇见雨，遇见风，去寻找众生，也寻找自我。

**其貌胜神仙，容华若桃李。**

——唐·寒山《诗三百三首》

**【赏析】**

坐在古藤椅上的那位少女，她的容貌秀丽好似桃李，好似神话故事中的凌波仙子。

**【人生感悟】**

我们要美丽的心灵，也要秀丽的外表，不是为了悦人，而是为了愉悦自己、疗愈自己。

> **和羞走，倚门回首，却把青梅嗅。**
>
> ——宋·李清照《点绛唇·蹴罢秋千》

**【赏析】**

娇羞的少女见有客来转身跑了，而后又倚靠着门随手拽了青梅枝低头去嗅，眼睛却看向了来人。

**【人生感悟】**

春心初萌的少女含羞微露，怕见又想见，想见却又不敢见。这种天真纯洁却又矜持尊礼的样子是最迷人的。

韶华易逝

欲买桂花同载酒，终不似，少年游。

——宋·刘过《唐多令·芦叶满汀洲》

**【赏析】**

想要买上一束桂花带着一壶美酒去湖上泛舟游览，终究不再像少年时那样逍遥，豪迈的意志早已被时光磨灭了。

**【人生感悟】**

花有重开的日子，人却再也回不到少年。但是，我们的内心住着的那个孩子还是不想长大，即便因为年龄增长，我们心境不同、所想不同、所愿不同，但每个年纪都有每个年纪该做的事，不是吗？

> 惊风飘白日，光景驰西流。盛时不再来，百年忽我遒。
>
> ——东汉·曹植《箜篌引》

【赏析】

白日里疾风呼啸而过，时光匆匆流逝。青春年华一去不复返，年老已向我飞速迫近。

【人生感悟】

人这一生有时候就像烟火一样，绽放过灿烂过，最终消逝在天际。但即便只有一瞬间的璀璨，也不枉曾经的奋力，不负对美好生活的追求和执着。

> 十五泣春风，背面秋千下。
>
> ——唐·李商隐《无题二首》

【赏析】

满目皆是大好的春光，但是这份美好又能停留多久呢？未来又会怎样呢？十五岁满腹心事的少女坐在秋千上默默垂泪。

【人生感悟】

面对易逝的年华、茫然的前途，痛快地哭一场也能解心中的苦闷，哭完再站起来继续向前。

> 人生天地之间，若白驹之过隙，忽然而已。
>
> ——战国·庄周《庄子·外篇·知北游》

【赏析】

人这一生，好似那纯白的骏马跃过一道缝隙一般，很快就过完了。

【人生感悟】

既然青春留不住，不如就放它去吧！把握每一个今天留下一张张快乐的笑颜，就这样活到老，快乐到老吧！

> **年年岁岁花相似，岁岁年年人不同。**
>
> ——唐·刘希夷《代悲白头翁》

【赏析】

年年岁岁繁花依旧，岁岁年年看花之人却不相同。

【人生感悟】

满树的桃花在和煦的春风之中绽开了笑脸。看花姑娘那美丽的倩影却不知去了何处。花儿还会再次盛开，错过的人和时光却再也寻不回来了。

> **盛年不重来，一日难再晨。**
>
> ——晋·陶渊明《杂诗十二首·其一》

【赏析】

青葱美好的青春一旦度过，便再也不会重来，正如一天之内永远寻不到第二次日出。

**【人生感悟】**

时光消逝，一去不回，在这最灿烂的青春年华里，我们应该去充实自我，去努力向前，去追逐梦想和荣耀！

---

**光景不待人，须臾发成丝。**

——唐·李白《相逢行二首》

---

**【赏析】**

岁月如梭，光阴荏苒，时光从来不会等候任何人，转眼间黑发变白丝。

**【人生感悟】**

黑发中，藏着年轻时的青涩与稚嫩；白发下，记录着成人的沧桑与过往。无论青丝或白发，都是岁月的馈赠，都是成长的足迹。

---

**当年失行乐，老去徒伤悲。**

——唐·李白《相逢行二首》

---

**【赏析】**

年轻时如果没有纵情欢乐，老去后就会后悔，再悲伤也来不及了。

**【人生感悟】**

人的一生，就是为了追寻快乐而生存的，当然在寻找快乐的旅程里，也许会遇到一些惆怅，但忧伤抵不过信念，坚持就是胜利。

> **未觉池塘春草梦,阶前梧叶已秋声。**
>
> ——宋·朱熹《劝学诗》

**【赏析】**

还没有从池塘生长着翠绿春草的美梦中醒来,台阶前枯黄的梧桐树叶就开始在秋风中沙沙歌唱了。

**【人生感悟】**

喜怒哀乐、悲欢离合都是人生常态,我们穿梭在黑暗与光明交错的时光隧道里,只为追寻阳光和快乐。

> **流光容易把人抛,红了樱桃,绿了芭蕉。**
>
> ——宋·蒋捷《一剪梅·舟过吴江》

**【赏析】**

芭蕉叶绿,樱桃果红。岁月轮转,又是一年绿肥红瘦时,大自然可以盛衰往复,可是流年却无法挽回。

【人生感悟】

长大后才知道，世界上没有那么多来日方长，只有世事无常。时间磨平了我们的棱角，消磨了我们的锐气，但是磨不掉对美好生活的向往。

**但屈指西风几时来，又不道流年暗中偷换。**

——宋·苏轼《洞仙歌·冰肌玉骨》

【赏析】

她掐着手指在计算凉爽的秋风何时吹来，却恍然不知，流年似水，岁月已经悄悄地变换了。

【人生感悟】

有时候，我们会在不经意间忽视掉当下，而过于伤感于过去，憧憬于未来。然而，真正重要的从来都是现在。

爱情篇

不期而遇

陌上谁家年少，足风流？

——唐·韦庄《思帝乡·春日游》

**【赏析】**

田间小路上，传来窸窸窣窣的脚步声，抬首一看，灼灼杏花里一位少年闯入了"我"的心田，啊！究竟是谁家少年，如此风度翩翩？

**【人生感悟】**

花雨中，她终于望见了她的意中人，一位皎皎如明月、温润如玉石的少年郎，这一刻沉寂了多年的芳心，怦然地跳跃起来。总有一天，我们会遇到一个人，只一眼就万年。

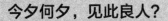

今夕何夕，见此良人？

——先秦·佚名《诗经·绸缪》

**【赏析】**

今天是多么幸福啊！遇到了想要相伴终生的人。

**【人生感悟】**

"爱"，大抵是这世间最美好、最温暖也最极致的字眼。每个人心中的爱各有不同，但不妨碍我们提起它便觉得温暖，便觉得光明，便觉得充满了勇气和力量。

邂逅相遇，适我愿兮。

——先秦·佚名《诗经·野有蔓草》

**【赏析】**

不期而遇真巧合，正好满足了我的心愿。

**【人生感悟】**

我便这样同美好不期而遇，无心去求却在不经意间得之，这样的偶然、这样的缘，让我欢欣不已。即便这一面可能只是擦肩，但是这一瞥惊鸿、那一刹芳华，足以乱了浮生。

子兮子兮，如此邂逅何？

——先秦·佚名《诗经·绸缪》

【赏析】

要问你啊要问你，我该怎么度过这良辰呢？

【人生感悟】

生命中，我们总会与美好不期而遇，这些令人心动的瞬间，或许是一抹斜阳、一窗山色，诸如这般的风景，或许是恰如风景般的人。我同美好不期而遇，从此心心念之，殷殷盼之，向往每一次邂逅。

所谓伊人，在水一方。

——先秦·佚名《诗经·蒹葭》

【赏析】

我的心上人在哪里呢？那个人就在河水那一边。

【人生感悟】

也许有一天，我们会在一个转角，邂逅梦中的那个她。她身上好似有整个世界的柔软，是那般美好，她的一颦一笑，总是漾满了温柔。她只是远远地看了我一眼，我却惦念了一生。

看花东陌上，惊动洛阳人。

——唐·李白《洛阳陌》

【赏析】

春日里的洛阳城，繁花似锦，百花竞相比美，少年郎来看花，路人却来看这个看花的少年。这些路人之中又会有多少或娇羞或炙热的眼神呢？他又勾起了多少人对爱的幻想，俘获了多少少女的芳心呢？

**【人生感悟】**

无论是春光明媚还是烈日严寒，只要你一直期待，相信那个点亮你人生的少年一定会出现。

一笑相逢蓬海路。人间风月如尘土。

——宋·周邦彦《蝶恋花》

**【赏析】**

天边一轮红日慢慢地西坠，夕阳散发出绚丽的霞光，树叶在彩霞的映照下，迎风摇曳，令人炫目。就在这时，你我相逢了，这哪里是在人间，分明是在梦幻中的蓬莱仙境。你嫣然一笑，世间的风月似乎在这一瞬间都化为了尘土。

**【人生感悟】**

终有一天，我们会在茫茫人海中遇到自己命中注定的那个人，当那个人出现在生命中时，你会感觉，人生仿佛都被点亮了。

只缘感君一回顾，使我思君朝与暮。

——汉·佚名《古相思曲·其二》

**【赏析】**

也许只是因为在人群中，你回头看了我一眼，从此想念你在每一个清晨和夜晚。

**【人生感悟】**

要相信孤单和寂寞都是暂时的，终有一天你会遇到那个人，他一直在前方的、未知的路途上等你。等你遇到那个人，你就会知道，这世间风月不及他的回眸一笑。

> 浣花溪上见卿卿，眼波明，黛眉轻。绿云高绾，金簇小蜻蜓。
>
> ——五代·张泌《江城子》

**【赏析】**

犹记得那天，和暖的春风拂过明澈的水面，我在碧波荡漾的浣花溪畔，与你初次相见。那时你的容颜是如此清丽：眼波似水，黛眉如画，高高绾起的秀发好似团团绿云，云中插着小蜻蜓的发饰，走起路来，一步一摇曳，一步一风情。

【人生感悟】

遇到你那天，你眉眼带笑，那一刻时间仿佛静止了，世间只剩一个你一个我，还有扑通扑通的心跳声。

去年今日此门中，人面桃花相映红。

——唐·崔护《题都城南庄》

【赏析】

去年春日在这里，我邂逅了一位比桃花还娇艳的姑娘。

【人生感悟】

若是问这世间何种相遇最美，一见钟情绝对占有一席之地。在一个风光旖旎的场合，我遇见了中意的她，自从那次相见，我便再也不能忘怀。

好是问他来得么？和笑道，莫多情。

——五代·张泌《江城子》

【赏析】

我情不自禁地走到你跟前，鼓起勇气问："可不可以和我约会？"满心期待你的答案，没想到你却灵动地一笑，轻启朱唇红着脸回了我一句："郎君切莫自作多情了。"

【人生感悟】

忽然明白了张爱玲笔下的那句话：于千万人之中遇见你所遇见的人，于千万年之中，时间的无涯的荒野里，没有早一步，也没有晚一步，刚巧赶上了，那也没有别的话可说，唯有轻轻地问一声：
"哦，你也在这里吗？"踏过青山绿水，看过繁花似锦，只为遇见
你，只为爱上你。

> **众里寻他千百度，蓦然回首，那人却在，灯火阑珊处。**
>
> ——宋·辛弃疾《青玉案·元夕》

【赏析】

我急切地在人群中千次百次不停地找寻，意中人却迟迟没有出
现。垂下头黯然地走着，似乎有心灵感应一般，猛然一回头，那人
正站灯火零落之处静静守候。

【人生感悟】

刹那间，时光仿佛静止了一般，所有烦嚣全部被隔离在佳人的
光环之外，只有一个悲喜交加的我、一个浅笑嫣然的她。四目相对
间，便成就了永恒。在美好的时刻，遇见正好的人，那种惊喜之情
溢于言表。

相思入骨

陌上花开，可缓缓归矣。

——宋·苏轼《陌上花三首》

**【赏析】**

小路上花开遍野，一朵朵一簇簇争芳吐艳，甚是美好，你可以在路上赏着花，沁着芬芳缓缓归来。

**【人生感悟】**

我对你的思念就像春草一般疯长无法抑制，但是你不要着急赶路，因为我不想让你错过沿途的风景。路途疲倦时，你可以看看花，也可以想想我。

若问相思甚了期，除非相见时。

——宋·晏几道《长相思·长相思》

【赏析】

思念你在每一个辗转反侧的夜晚，在每一个想和你看日出日落的晴天，若是你问我这相思什么时候才能阻断，除非我们可以相见。

【人生感悟】

愿你拥有爱的能力，做温暖凡尘的一双手，捧起这世间的一切善良；愿你有爱相伴，有人相依，被岁月温柔以待。

长相思，长相思。欲把相思说似谁，浅情人不知。

——宋·晏几道《长相思·长相思》

【赏析】

也许有一天，你倏然回头，会发现藏在心底的思念，已经越来越深，马上就要溢出，想把这浓厚的相思与人倾诉，可又有谁能读懂呢？

【人生感悟】

没有遇到你以前，我从未体会到爱的甜蜜，也从未品尝过思念的滋味，如今才知道思念竟是一种甜蜜的惆怅、幸福的忧伤。

君问归期未有期，巴山夜雨涨秋池。

——唐·李商隐《夜雨寄北》

【赏析】

你问我何时回家，我却未能定下归期。深秋的夜晚，雨裹挟的寒气从天而降，一滴一滴落在池塘里，也在我充满了思念的心里，泛起了一层层涟漪。

【人生感悟】

从前车马很慢，爱情里有太多意难平。相聚的时间总是很短，孤独却很绵长，但那芊芊思念却一日未断，想你在每一个下雨的秋天，你看细雨一点点涨满了秋池，就像我对你的思念一样慢慢地在增长。无论身处何地，无论相隔多远，无论春夏秋冬，唯有你是我思念的归属。

> **何当共剪西窗烛，却话巴山夜雨时。**
>
> ——唐·李商隐《夜雨寄北》

【赏析】

等到团聚那天，我们在窗棂下烛光前相对而坐时，我会告诉你，今天巴山下的这场夜雨，还有此时此刻，我有多么想念你。

【人生感悟】

顾城曾说："你在我身边也好，在天边也罢，只要想到这个世界的角落还有那么一个你，就觉得整个世界也变得温柔安定了。"你看，想到你，我就觉得温暖了。

> **一重山，两重山。山远天高烟水寒，相思枫叶丹。**
>
> ——五代·李煜《长相思·一重山》

【赏析】

怀着对你的思念我独自登上了高楼，企足远望，眼前只有那一重又重连绵起伏的山峰。山在远方，天空高深，心却像那被烟雾迷蒙的湖水浸过一般寒冷，对你的思念却如枫叶那般热烈。

【人生感悟】

缓缓飘落的枫叶如思念，在岁月里静静地熬成了深红，用自身去温暖岁末的秋天。然而，这种无言的相思，需要留心，不然很容易错过。

晓看天色暮看云，行也思君，坐也思君。

——明·唐寅《一剪梅》

【赏析】

一个人静静地看着天上的云霞，从清晨到日暮，走路时想你，坐着时也想你。

【人生感悟】

想你，想见你，想念你在每时每刻。你知道什么是想念吗？是闭上眼都是你；是在每一个与美满撞怀的瞬间，都觉得你应该在我身边。

思悠悠，恨悠悠。恨到归时方始休，月明人倚楼。

——唐·白居易《长相思·汴水流》

**【赏析】**

思念呀，怨恨呀，都是那么悠长，哪里会有什么尽头呢？除非你归来，这份绵延的爱和恨才会罢休。皓月点亮了夜空，而我倚楼独自一人，心里满是忧愁。

**【人生感悟】**

相思虽苦，却也甘之如饴。时光很短，天涯很远，红尘斑驳了年华，相思苍老了容颜，我还在等待你的归期，我会一直盼望你。

念念不忘，必有回响。

——近现代·李叔同《晚晴集》

**【赏析】**

如花美眷，似水流年，长长久久的思念会有回应的那天吗？

**【人生感悟】**

三毛曾说过："人这一生，匆匆而过，若说真有所图，也不过是一份温暖和惦记。"愿念念不忘终有回响，愿所有因思念而生的恨都将被暖融化。

> **思君如满月，夜夜减清辉。**
>
> ——唐·张九龄《赋得自君之出矣》

**【赏析】**

对你的思念就像高悬的圆月，一天一天、一夜一夜光辉渐渐减弱。可即便缺了圆满，相思也随之一点一点消瘦，但等到你回来，它又填满了心田。

**【人生感悟】**

想念一个人，就像心中住着一轮明月，无论你去哪里，无论什么时间，它一直如影随形。有时会刻意地闭上眼睛，告诉自己不去看它，不去想它，但你心里深知，每个相思的夜晚，它都在那里。

> **思君如流水，何有穷已时。**
>
> ——魏晋·徐干《室思》

**【赏析】**

想念就像那流水一样，绵延不绝，怎么可能有停止的时候呢?

**【人生感悟】**

成年人的想念，并不是挂在嘴边，宣泄出口，更多的时候，人们将想念埋藏在心里。它是寂静无声的，像潺潺的河水一样在心里

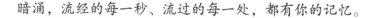

暗涌，流经的每一秒、流过的每一处，都有你的记忆。

> **一寸相思千万绪。人间没个安排处。**
>
> ——五代·李冠《蝶恋花·春暮》

**【赏析】**

在这广阔的天地间，竟然没有一处可以堆放我对她的相思愁绪。

**【人生感悟】**

真正的爱情经得起长久分离的考验，只要此情不渝，只要两心相连，这份感情就会像悠悠无声的流水，温柔绵长，就会像太阳和月亮一样，散着光辉，永不熄灭。当然朝夕相伴最好，如若不能，即便相隔一方，爱仍旧闪亮。这份爱，也让我们变成了更好的人。

> **玲珑骰子安红豆，入骨相思知不知。**
>
> ——唐·温庭筠《新添声杨柳枝词二首》

**【赏析】**

手中的玲珑骰子上镶嵌着点点深红，多么像代表着思念的一颗颗红豆，你可曾知道那深入骨髓的是我对你的相思？

**【人生感悟】**

在相爱的人心中，甚至可以用整个宇宙换一颗相思的红豆。因为在有情人的眼里，宇宙虽然包蕴了万物，广阔神秘，却不及一颗充满爱意和饱含思念的红豆。

**思君如明烛，煎心且衔泪。**

——唐·陈叔达《自君之出矣》

【赏析】

思念像极了那点燃的烛火，就这样从黑夜等到天明，火光里不仅是煎熬的"芯"，还有一颗颗晶莹的泪珠。

【人生感悟】

你看这就是相思，热烈时似火，清冷时似冰冷的灰烬。当思念满溢时，会有种无处可逃的感觉。你在身边的时候，你就是全世界；你不在身边的时候，全世界都变成了你。

**与君远相知，不道云海深。**

——唐·王昌龄《寄欢州》

【赏析】

尽管相隔千里但是只要能够相互了解、彼此相知，便不觉得路途遥远，也不在乎深远辽阔的云海将我们分离了。

【人生感悟】

我们每个人都为了生活不断努力，不停奋斗，甚至不惜和自己的爱人相隔两地，每天承受着无尽的思念，但是这种不完美的生活才是人生的常态，也是另一种完整。若是两人的情谊不但深厚，而且达到了心灵上的契合，那么这份情谊便能跨越时间、超越距离。

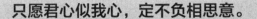 

**只愿君心似我心，定不负相思意。**

——宋·李之仪《卜算子·我住长江头》

【赏析】

只期盼着你的心意与我的心意一般，坚定不移，就一定不会辜负了你我这一番痴恋的深情。

【人生感悟】

若要问茫茫世间什么才是最珍贵的，那么答案一定是真情。有一种情，入心入骨，让人不禁痴狂。可能只是为了见你一面，他可以不远万里，披星戴月来看你，不用任何理由，不管任何结果，在来时的路上，你就是他心中的全世界。

**若似月轮终皎洁，不辞冰雪为卿热。**

——清·纳兰性德《蝶恋花·辛苦最怜天上月》

【赏析】

如果我们能像夜晚那皎洁的圆月一般，时常圆满，那么即便我是那寒冷的冰雪，也会甘愿为你融化送去温暖。

【人生感悟】

可能他本来是如冰雪一般冷漠的人，可是为了你却甘心融化自己，成为温暖甚至火热的人，只为让你感受到真挚的爱与暖。你的一生中遇到这样的人了吗？他是否还陪在你身边？珍惜眼前，方能不负相遇；珍惜感情，才能不会悔恨。

## 相思相望不相亲，天为谁春？

——清·纳兰性德《画堂春·一生一代一双人》

**【赏析】**

两地相隔时，思念总是缠绵不休，这种无法在一起的爱恋只会将人折磨得凄凉憔悴，黯然销魂。不知道上天究竟为什么要造就这美妙的青春。

**【人生感悟】**

相爱的结局有破碎也有完美，有悲情也有喜乐，因为爱本来就是一场无畏的冒险，不是吗？这一生，愿你浅笑嫣然，愿他温润如初，愿爱在心中永恒。

## 情人怨遥夜，竟夕起相思。

——唐·张九龄《望月怀远》

**【赏析】**

漫长的月夜让有情人心生怨怼，整夜里辗转反侧，把爱人怀想。

**【人生感悟】**

在一起时，这盈盈月光照映着你我多么温暖，分开后月光竟是如此残酷冰冷。没有人能保证一份深情不会随着时间和距离而逐渐逝去，但是我们还可以写信、打电话、发信息、视频聊天，传递爱意。

上邪，我欲与君相知，长命无绝衰。

——汉·佚名《上邪》

【赏析】

上天呀！我愿与你相知、相惜、相爱，这份爱永不衰败。以天地为证，誓死相随，多么震撼的誓言，多么坚贞的爱情啊，即便天地消失，我对你的爱恋也永无绝境。

【人生感悟】

有时候，爱情可以化为无穷无尽的力量，这种力量可以让人在困境中振作，在磨难中成长，即便身处黑暗依然可以寻到光明，即便跌落深渊也有人将你拉回人间。

山无陵，江水为竭，冬雷震震，夏雨雪，天地合，乃敢
与君绝。

——汉·佚名《上邪》

【赏析】

除非起伏的高山变为平地，滔滔不绝的江水干涸枯竭，寒光凛凛的冬日雷声阵阵，烈日炎炎的夏日大雪纷飞，天地连接在一起，我才愿意抛弃对你的情意。

【人生感悟】

在现实生活中，山有时会崩塌，江河也有枯竭的时候，命运也注定了会波澜起伏、颠沛离合，但笃信感情的人，并不会因为艰难的命运和一路的坎坷，而忘记思念和当时许下的诺言。因为我们会变得更坚定，坚定地相信爱情。

怕郎猜道，奴面不如花面好。云鬓斜簪，徒要教郎比
并看。

——宋·李清照《减字木兰花·卖花担上》

【赏析】

我怕丈夫看了鲜花之后认为自己的容颜不及花儿柔美。我将花斜插在如云的鬓发间，如此一来，倒是让他仔细看一看，比一比，到底谁的美貌更胜一筹。

【人生感悟】

在一起时，一起分享美景一起分享美食，看到鲜花当然也会娇

羞地问一句："我和花儿哪一个更好看？"这个问题也许不需要回答，也许两人心中都有答案，因为此时此刻你们是彼此的全世界。

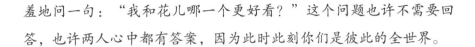

海棠影下，子规声里，立尽黄昏。

——宋·洪咨夔《眼儿媚·平沙芳草渡头村》

【赏析】

你可知道，在晚霞落照的黄昏，我站在婆娑摇曳的海棠树影里，听着杜鹃鸟儿一声声悲凉的啼叫，一直到夜幕降临，整个黄昏我都伫立在那里静静地等你，等你归来。

【人生感悟】

世间最珍贵的从来不是"得不到"和"已失去"，而是能把握住当下的幸福，珍惜现有的美好。

一日不思量，也攒眉千度。

——宋·柳永《昼夜乐》

【赏析】

一日不想他就要皱眉数千次了，更何况还深深地思念他呢？

【人生感悟】

有时，我们会爱上一个人并一往情深，如果知道这份爱没有回应，就不要把痴情当成生活的一部分，更不能视为人生的组成，爱慕一程就很美好，不必抱着幻想去等待一生。因为真正值得的"等待"是：即便我们隔着山海，也能温暖彼此，为了相守努力。

看朱成碧思纷纷，憔悴支离为忆君。

——唐·武则天《如意娘》

【赏析】

相思成疾，恍惚迷离中竟然把鲜亮的红色看成了绿色。想你想得身体憔悴，心儿破碎。

【人生感悟】

在感情的世界里，有时候等候本身就是一种爱，这份爱有时候虽然会掺杂着许多委屈、辛酸、考验，但是一起携手度过这段艰难的时刻，可以让你们的感情更加深厚，也更加长久。等待本身没有所谓的值得与不值得，重要的是，你等待的那个意中人值得不值得。

一生一代一双人，争教两处销魂。

——清·纳兰性德《画堂春·一生一代一双人》

【赏析】

明明是天作之合的恋人，却偏偏两地分隔，不能厮守在一起。

【人生感悟】

人生在一程又一程遇见中不断前行，有人惊鸿一瞥，有人陪伴一时，有人相守一生。爱也由此产生，或是一见钟情，或是日久生情，这时的爱纯粹而真切。于是乎，即便两地分隔，我们也始终期待着一生一世都能长相厮守，一起欢喜一起忧，一起度过这漫长的岁月。

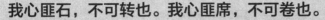

我心匪石，不可转也。我心匪席，不可卷也。

——先秦·佚名《诗经·柏舟》

【赏析】

我心不是圆润的卵石，不会随意地转动。我的心也不是那柔软的草席，不会随意地翻卷。

【人生感悟】

相隔两地不能相见的这种离别之苦，有时会让人产生怨恨，这种怨恨就像河水，连绵不息，除非哪天相聚团圆，不必再受分别之苦的折磨，这份恨意方能停止。所以，希望我们都有坚定的信念，执着地守护着感情，等到彼此相见的那一刻、可以相守的那一天，和爱人一起分享幸福和快乐。

愿为西南风，长逝入君怀。

——东汉·曹植《七哀诗》

【赏析】

我愿化为一阵风，消逝在天地间，扑入你的怀中。

【人生感悟】

这种真挚到极致的爱，是人人都想追求的、渴望的，但也是往往无法拥有的。人这一生，会遇见许许多多的人，爱了、笑了、分了、怨了，慢慢地也就忘了，一路磕磕绊绊相守下来的，寥寥无几，也珍贵至极。岁月漫长，愿你能与爱人，一屋两人三餐四季，直至百年。

> **问世间，情为何物，直教生死相许。**
>
> ——金·元好问《摸鱼儿·雁丘词》

【赏析】

我想问问世间的各位，"情"一字究竟是什么呢？竟然会让两只飞雁用生死去对待呢？

【人生感悟】

从前车马很慢，一生只能爱一人。有的爱是两人相濡以沫，深爱着彼此，在天愿作比翼鸟，在地愿为连理枝，忠贞不渝，甚至誓死相随。然而这种爱过于震撼，我们能拥有的，也最应该珍惜的，是在平凡的日子里与爱人共度。

> **天不老，情难绝。心似双丝网，中有千千结。**
>
> ——宋·张先《千秋岁》

【赏析】

苍天不老，真情就不会灭绝。多情的心好似一张罗网，上面是数不清的结。

【人生感悟】

爱分为很多种，有的爱是一见钟情，见到你的那一瞬间，仿佛心就被你俘获，想和你一生一世，想把一切都给你。但是这样的爱热烈、急促，有时也很脆弱。有的爱，只是停留在嘴边，给了承诺，却没有行动。而最真实的爱，是哪怕柴米油盐，哪怕日子琐碎，始终脚踏实地。

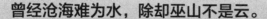

曾经沧海难为水，除却巫山不是云。

——唐·元稹《离思五首·其四》

【赏析】

经历过苍茫的大海，他处的水便称不得为水，不值得驻足；陶醉过巫山上的云，别处的云便不能称之云，不值得停留。

【人生感悟】

人的一生中总会遇到一些人，让我们念念不忘，而追寻这份难忘的根源，或者是爱而不得，或者因为一些缘由而没有办法共度余生。可这个人出现了，心里再也装不下别的人了，其他人都会变成所谓的将就。

有美人兮，见之不忘。一日不见兮，思之如狂。

——汉·司马相如《凤求凰》

【赏析】

有位美丽的女子啊，见了她一面之后就一直难以忘怀。一日看不见她，心中的牵挂便好似要发狂。

【人生感悟】

就像沈从文说过的那句话一样："我走过许多地方的路，行过许多地方的桥，看过许多次数的云，喝过许多种类的酒，却只爱过一个正当最好年龄的人。"有些人可能说不出来哪里好，但就是没有人能够替代。因为自从看到你的那一刻起，我就想和你携手一生了。

**衣带渐宽终不悔，为伊消得人憔悴。**

——宋·柳永《蝶恋花·伫倚危楼风细细》

【赏析】

身上的衣带一日比一日宽松，身体也大不如前，一日比一日消瘦。即便如此我也从来没有懊悔过，我心甘情愿地日夜思念她，哪怕到最后只剩下一身的憔悴。

【人生感悟】

即便岁月无情，即便憔悴消瘦，我却从来不悔。距离虽远，但是爱情是相互守候，彼此的牵挂让心灵有所依靠，让爱的承诺更为坚定，因为我们的心一起依偎、一起跳动……

**伤心明月凭阑干，想君思我锦衾寒。**

——唐·韦庄《浣溪沙·夜夜相思更漏残》

【赏析】

久久地依偎着栏杆，遥望着夜空中那一轮令人伤心忧愁的明月，想来你也在思念着我，也感到了锦被冰冷吧！

【人生感悟】

无数个孤独落寞的深夜，或烟雨朦胧或明月初升，那氤氲盘旋的水光里，那清冷的月光里，都藏有你的身影，模糊却又异常清晰地印刻在我的心间，我对你的思念，跨越了时间、空间，一直陪在你的身边。这也许就是人们说的"痴情"的模样。

**投我以木桃，报之以琼瑶。匪报也，永以为好也。**

——先秦·佚名《诗经·木瓜》

【赏析】

你赠给我甜蜜的木桃，我给你精美的琼瑶。这并不是只为了感谢你，而是用配饰来表示我们的情意永远深厚、缠绵。

【人生感悟】

爱，是有来有往的交锋。你对我好，我对你好，双方有来有往才能互相品尝爱情甜蜜的果实。人与人之间的感情，从来就没有应该和理所当然，所有的爱与责任都源自一个"情"字，而我们享受到的温暖也源于信任和无限的依恋。

**愿我如星君如月，夜夜流光相皎洁。**

——宋·范成大《车遥遥篇》

【赏析】

我是星辰你是明月，我们相依相偎在一起，彼此映照，一起璀璨。

【人生感悟】

一段感情，不是依靠一个人的付出就能维持长久，就能撑起晴空的。如果一方一直付出，而另一方只知道享受，那么时间一长，再火热的真心、再浓烈的情，也会在冷漠中慢慢变凉，而后心灰意冷。爱，要两个人认真对待、用心经营，以及倾注热情和温暖。唯有这样，爱才能保鲜，也才能长长久久。

妄拟将身嫁与，一生休。纵被无情弃，不能羞。

——唐·韦庄《思帝乡·春日游》

**【赏析】**

如果真的能够嫁给这个温润的少年，我将与他誓死到白头，这一生也就满足了。纵然有一天被无情无义地休弃了，也绝对不会后悔。

**【人生感悟】**

爱一个人，可以是敢爱敢恨的果断和勇敢。尽管我们之前可能并不认识，甚至对彼此一无所知，但又有什么关系呢？因为我在见到你的第一眼就知道，你就是我等待了许久的那个人，就是我的爱人。

天涯地角有穷时，只有相思无尽处。

——宋·晏殊《玉楼春·春恨》

**【赏析】**

即便天涯地角，也会有穷尽的一天，但我对你的思念是无穷无尽的。

**【人生感悟】**

也许有人会说，这样的爱情虽然热烈但是往往短暂，虽然有些疯狂但是不能长久，可是我第一眼见到你，就决定此生要与你恩爱白头，即便最后分手也坚决不后悔。这种爱是纯粹的，无论付出多少，都不需要计较回报。

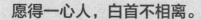
**愿得一心人，白首不相离。**

——汉·卓文君《白头吟》

【赏析】

满以为嫁了一个情意专心的称心郎，可以相爱到老永远幸福了。

【人生感悟】

当誓言成了空时，一切都变了。我们要的不是一个不知道在想什么的人，而是一心一意地爱我的人。

**上穷碧落下黄泉，两处茫茫皆不见。**

——唐·白居易《长恨歌》

【赏析】

找遍天上地下，都寻不到爱人的身影。

【人生感悟】

有时，我们走过了最初的轰轰烈烈，熬过了互相磨合，经历了许多坎坷，原以为能落得相守到老的结局，没想到却在半路失去了初心，忘掉了当时的诺言。这样的爱情往往会使人痛惜。因为在我们的眼中，爱情就像那山顶积雪、云间明月一般纯洁无瑕，这种神圣而纯粹的爱怎么能因为外物而放弃呢？

**死生契阔，与子成说。执子之手，与子偕老。**

——先秦·佚名《诗经·击鼓》

**【赏析】**

从始至终我想要的不过是嫁给一位一心一意对我的男子，直到两个人白发苍苍也不会分离。

**【人生感悟】**

白头偕老、生死相依，是多么幸福的事，是多么纯真的爱情啊！我能想到最浪漫的事情，莫过于和你一起慢慢变老。

---

得成比目何辞死，愿作鸳鸯不羡仙。

——唐·卢照邻《长安古意》

---

**【赏析】**

假如能和她结成美好姻缘，厮守在一起就像一对和谐的比目鱼，哪里还会害怕死亡。只愿像一对鸳鸯一样终生相伴，而从不羡慕天上的神仙。

**【人生感悟】**

在遇见你之前，我是一个木讷的人，不善言谈，不懂浪漫，看不到现在也没有未来，只是麻木地沿着轨道前行。但是因为有你，我爱上了这人间烟火，爱上了这红尘，在平淡和繁华中感受生命的美好和生活的意义，又怎么愿意去做天上仙，去当独行客呢？

---

终日望君君不至，举头闻鹊喜。

——五代·冯延巳《谒金门·风乍起》

---

【赏析】

每一天盼望着你，你却没有到来，抬起头忽然听到喜鹊的声音。

【人生感悟】

泰戈尔曾在诗歌里写道："世界上最遥远的距离，不是我不能说我想你，而是彼此相爱，却不能够在一起。"离别之后，我会在月光下想你，会在四下无人的深夜想你，会在黎明破晓时想你，终于我的等待有了回应。

> 别情无处说，方寸是星河。
>
> ——唐·温庭筠《春日野行》

【赏析】

离别之时，内心翻涌的百种情绪没有地方可以轻轻诉说，两颗心相隔，即便是方寸之间，也如同星河般遥远。

【人生感悟】

即便我千次百次地说了思念，你却听不到、看不到，因为你和我的距离就像天上的银河那么遥远。异地恋，需要克服的永远不是遥远的物理距离，而是心与心的距离。

> 两情若是久长时，又岂在朝朝暮暮。
>
> ——宋·秦观《鹊桥仙·纤云弄巧》

【赏析】

只要两个人、两颗心永远连在一起，彼此真诚相爱，又何必贪求每一天都厮陪相伴呢？

【人生感悟】

有句话这样说：浮世三千，吾爱有三，日月与卿，日为朝，月为暮，卿为朝朝暮暮。你是我的太阳亦是我的星辰月光，无论白天夜晚我都爱着你，直至永远。

**寂寞深闺，柔肠一寸愁千缕。**

——宋·李清照《点绛唇·闺思》

【赏析】

深闺里无边的寂寞如潮水般涌来，一寸柔肠便有千缕愁丝。

【人生感悟】

没有爱情的人生，是苍白的，是乏味的，也是悲凉的。落寞时没有人懂你的悲伤，严冬酷暑时没有人知你冷暖，遇到坎坷时没有人鼓舞陪伴。如果在这些人生最脆弱的关头，有一个人关心，有一个人能心意相通，该是多么宽慰啊！

**妆罢低声问夫婿，画眉深浅入时无。**

——唐·朱庆馀《近试上张水部》

【赏析】

化好妆娇羞地问夫君：我的眉毛浓淡适宜吗？

**【人生感悟】**

只要和爱人在一起，别说是生活中的一件小事，就连四目相对的一瞬间都成了一种欢愉。看不到爱人时，想象着见面那一刻闪亮的双眸、嘴角幸福的微笑，还有彼此飞奔而来的身影，仿佛思念都浸到了蜜糖里。

> **身无彩凤双飞翼，心有灵犀一点通。**
>
> ——唐·李商隐《无题·二首·其一》

**【赏析】**

我的身上虽然没有五彩凤凰的双翅，不能与你比翼齐飞；但你我内心却像灵犀一样，在思想和感情上早就心心相印，息息相通。

**【人生感悟】**

爱人之间的心意相通，不一定需要长时间的磨合，就像心动有时只在一个瞬间。也许只是在某个落寞的瞬间，忽然遇到了一个温柔的人，恰好那人的眼底写满了温柔。这种感情十分特别，它无关风月，无关爱情。

山有木兮木有枝，心悦君兮君不知。

——先秦·佚名《越人歌》

【赏析】

青山之上栽满了树木啊，树木上有翠绿的丫枝，对你的爱意充斥在心里，但是你却不知道这件事。

【人生感悟】

所谓暗恋，就是你不经意的一瞥，我会心头一颤；每一次突如其来的对视，都是我蓄谋已久的观望。怕你知道，怕你不知道，又怕你知道却假装不知道，我怀里所有温暖的空气，变成风也不敢和你相遇。

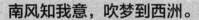
**南风知我意，吹梦到西洲。**

——南北朝·佚名《西洲曲》

【赏析】

温柔的南风啊，你若知晓我心中的情意，便请把我的梦吹到西洲，告诉她我的爱意。

【人生感悟】

我把喜爱藏进了和煦的风里，风过之处，人人都知道我喜欢你，可这阵写满了爱意的风什么时候才能吹到你那里？

**城南小陌又逢春，只见梅花不见人。**

——宋·陆游《十二月二日夜梦游沈氏园亭》

【赏析】

大风刮过，城南的小路迎来了又一个春天，路边的红梅花开正茂，当年在这里相逢的故人却早已不见，徒留下满袖的暗香和一个陷入回忆的我。

【人生感悟】

也许有一天，我会来到你的城市，走你走过的路，看你看过的美景，听你听过的歌，吹你吹过的风，想象你现在的生活，怀念回不去的曾经，以及怀念你。

> **走着走着就散了，回忆都淡了；看着看着就累了，星光也暗了。**
>
> ——现代·徐志摩《走着走着就散了回忆都淡了》

**【赏析】**

有些爱或许注定了无法相随直到终点，但能同行一程，也已不枉此生。

**【人生感悟】**

也许有一天，我们会在转角处遇见，沉默许久也只是互相道一句：好久不见！人生一场又一场的相遇，都是缘分，这些缘分没有好坏、对错之分。缘分来了，好好珍惜，用心对待；缘分尽了，自会别离。但人生下一程，总会有些真正疼惜你、爱你的人在等你。

> **还君明珠双泪垂，恨不相逢未嫁时。**
>
> ——唐·张籍《节妇吟·寄东平李司空师道》

**【赏析】**

归还你送给我的明珠，我的泪珠不住地往下掉，遗憾的是没有在未嫁之前遇到你。

**【人生感悟】**

我们有时会在无能为力的时候，遇见那个想相守一生的人，无奈天意弄人，相爱的人不能长相厮守。人生在世，遇见是一种缘分。只是缘分有早有晚，如果能够君未娶，卿未嫁，那便是佳偶天成。

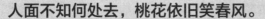 

**人面不知何处去，桃花依旧笑春风。**

——唐·崔护《题都城南庄》

【赏析】

当我鼓起勇气再次回到初遇的地方，寻找熟悉的你时，没想到却是人走院空，再也寻不到你的芳影，只有不解风情的桃花依然在春风里飘摇，好像在笑话我的痴情。

【人生感悟】

当接收到心动的信号后，我们需要做的是鼓起勇气，去追寻真爱。成了便是一段良缘，纵使失败了也不会遗憾，最起码为爱努力过了，不是吗？

**早知如此绊人心，何如当初莫相识。**

——唐·李白《三五七言》

【赏析】

假如早知道你会如此惹人牵肠挂肚，让人魂牵梦绕，还不如当初没有与你相识相知。

【人生感悟】

你我相遇、相识、相爱，我为你情定一生，为你画地为牢，是你让我尝到了辗转难眠的滋味，知道了魂绕梦牵的情思。可你突然抽离，只留下痛苦的我。即便再痛苦，爱依旧让人甘之如饴。

> **相濡以沫，不如相忘于江湖。**
>
> ——战国·庄周《庄子·大宗师》

【赏析】

与其相濡以沫，直到深情化为无限的伤怀和无奈，还不如将所有往事都化为红尘一笑，把那些爱也好、恨也罢都丢弃如云烟飘散。

【人生感悟】

如果当初没有遇见你多好，彼此相爱到折磨，不如彼此遗忘，放下心中的执念，开始新生活，各自安好。

> **此情可待成追忆，只是当时已惘然。**
>
> ——唐·李商隐《锦瑟》

【赏析】

爱也好，欢喜也罢，那些美好的过往虽历历在目，但也只能去回忆中找寻了。最为遗憾的是，那些美好在当时只觉得是稀松平常的事情，谁又会懂得好好珍惜呢？

【人生感悟】

我们在经历一些事情时，觉得并没有多么震撼美好，或者多么深刻有意义，可是等时光流逝，过了许久再回望时，忽然觉得那时的事情是多么美好。

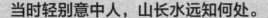
当时轻别意中人，山长水远知何处。

——宋·晏殊《踏莎行·碧海无波》

【赏析】

当初与意中人轻易地离别了，现如今山高水远何处寻他的踪影。

【人生感悟】

每一段时光都藏着不可复制的美好，蓦然回首，你已经不在身边，而我才开始想念。正如余光中所说："人生有许多事情，正如船后的波纹，总要过后才觉得美的。"

恨入四弦人欲老，梦寻千驿意难通。当时何似莫匆匆。

——宋代·姜夔《浣溪沙·著酒行行满袂风》

【赏析】

当思念里夹杂了怨怼时，人就开始渐渐衰老了；人梦寻找了千百个驿站却未觅到你的身影，只怪当时分别得太匆匆。

【人生感悟】

即便再后悔，过去的情意和事情都已成了往昔，只是会觉得可惜，或为当时的口无遮拦，或为一时冲动的行为，抑或为被浪费的光阴，可是再懊悔也无用了。唯有以过往为戒，珍惜当下，以免多年以后回望时再次后悔。

**当时明月在，曾照彩云归。**

——宋·晏几道《临江仙·梦后楼台高锁》

【赏析】

当时的明月如今还悬挂的夜空中，也曾照着她彩云般的身影回到我的梦中。

【人生感悟】

除了爱与不爱，现实生活中我们时常会陷入困境，面临着一个又一个抉择。也许是双方身份背景差距过大，也许是来自双方家庭的压力，又或者工作、异地的考验。这些问题时常会让我们挣扎、犹疑，甚至会在权衡利弊中逐渐迷失。当我们将爱情放在衡量的天平上时，其实就已经做出了最终的选择。

**世间安得双全法，不负如来不负卿。**

——清·仓央嘉措《彼岸花·誓言》

【赏析】

这世间能有周全的方法，让我能够不违背信仰的同时也不辜负你的情意吗?

【人生感悟】

爱情，是两颗心彼此吸引，悄然地靠近。我心甘情愿为他付出所有，倾注一切，然后期望我们的爱情也一切顺遂，直到白头。爱情的本质，就是坚定不可动摇的，而不是可以计算的利益得失。因为爱从来就不是选择题，而是坚定地与爱人在一起，一起携手，坚定前行。

**人生若只如初见，何事秋风悲画扇。**

——清·纳兰性德《木兰花·拟古决绝词柬友》

【赏析】

人生如果都像初见时的那般纯真该有多么幸福啊，就像我们听说的无数故事一样，开篇总是美好的，这样就不会有久处后的厌倦和离别相思的辛酸苦楚了。

【人生感悟】

历经沧桑，度过坎坷，争吵、生气成了生活常态，再回想起最初和你相遇的场景，那种感觉就像冬日的太阳、热茶一般，如此温暖，只觉得踏实。如果我们能一直保持初见时的这种状态，会不会就没有了后来的误会、猜疑了呢?

> **等闲变却故人心,却道故人心易变。**
>
> ——清·纳兰性德《木兰花·拟古决绝词柬友》

【赏析】

没想到轻易地就变了心,而你却说人世间的感情本来就很容易改变。

【人生感悟】

我们遇见那个人,会心跳加速,灰暗的人生也开始变得明亮而美好。可惜的是,初见只能在当时,时光往复人心善变。还好我们可以记住当时的美好,然后回味追寻第一次相遇的那份悸动和初心,让情意得到绵延。

> **山盟虽在,锦书难托。**
>
> ——宋·陆游《钗头凤·红酥手》

【赏析】

相爱时的山盟海誓还回荡在耳边,可谁知物是人非事事休,承载着爱意的锦文书信再也难以交付给你了。

【人生感悟】

此后,无论路途多遥远,无论海角或天涯,我都衷心地祝福你。只是,有一天,我一人独自走在热闹的街头,忽然发现,我终于失去了你,在拥挤的城市里,在汹涌的人潮中,在我余生的回忆里。

> **惆怅晓莺残月，相别，从此隔音尘。**
>
> ——唐·韦庄《荷叶杯·记得那年花下》

**【赏析】**

残月悬挂在天空中，清晨的黄莺啼叫起来，内心一片惆怅，你我分离，从此便没有了音讯。

**【人生感悟】**

早知道只是惊鸿一瞥，又何必一往情深。与你同行过一段路途，又来到分岔路口，各奔东西，你有你的路，我有我的人生。在一起时的朝朝暮暮，过往的那些甜蜜，就让它埋藏在心底，化为美丽的记忆吧！

> **一别两宽，各自欢喜。**
>
> ——唐·佚名《放妻书》

**【赏析】**

如果我们的结合是一种错误，不如就这样痛快分手，这一生缘分已尽，从此以后你我相见亦是陌生人，只愿未来的日子里各自欢喜，各自安好。

**【人生感悟】**

也许这就是体面的分手。没有歇斯底里的争吵，没有疯狂的拉扯，只是缘分已经走到了尽头，只是不再相爱，只是所有的一切都释然了，那么就放手吧！希望你，希望我，一别两宽，各自欢喜。

如今俱是异乡人，相见更无因。

——唐·韦庄《荷叶杯·记得那年花下》

【赏析】

如今我们都成了漂泊在外的异乡人，想再次见面只怕也没有机会了。

【人生感悟】

所有大张旗鼓的争吵其实都是试探，真正的离开是悄无声息的，可能是挑了一个阳光明媚的早晨，穿了件最寻常的外衣，静静关上门，从此分别在两个世界，再也不见。

就让过往那些美好定格在岁月里，停留在年轮里吧。世界那么大，我们要享受缘分的起落浮沉。握不住的沙，放下一把，留不住的人，放下也罢！

你我相逢在黑夜的海上，你有你的，我有我的，方向。

——现代·徐志摩《偶然》

【赏析】

我们在迷茫的黑夜里相遇，可是从一开始方向就不一致。

【人生感悟】

有人说"年少时不能遇见太惊艳的人"，因为这一次相遇很有可能会误了终身，因为此去经年，再也遇不到比那个人更好的人，又该如何去将就呢？

如果一直记得这次相遇，反而会因为念念不忘感到失落痛苦，

结局无非是烟花易冷，枯藤老树等终身。这又是何苦呢?

**你记得也好，最好你忘掉，在这交会时互放的光亮!**

——现代·徐志摩《偶然》

【赏析】

你记得也好，忘掉也罢，我们相遇时散发的光芒。

【人生感悟】

相逢时短，离别时长。你就当这次遇见是一场梦，醒来记得也好，忘记最好。因为我们本来就是两条平行线，因一次意外偶然相交，但一开始就注定了越走越远的结局。

别让短暂的相逢，成为一生的劫数。就只记得那份美好，忘掉我，余生太长，去遇见更好的幸福。

忘掉曾有这世界；有你；哀悼谁又曾有过爱恋。

——现代·林徽因《情愿》

【赏析】

有些遇见并非负担，而是缘分；有些遇见，不是桎梏而是熨帖的陪伴。

【人生感悟】

直到分开后，我们才发现，原来每一个故事的开始与结尾，早在相遇的那一刻，说了"你好"的那一瞬间就安排好了。即便我们的相遇相守再绵长，也有曲终人散的时刻。人生很短，且专注于脚下，珍惜好当前，其他的就让一切都随风，都随缘，都顺其自然。

夜来幽梦忽还乡，小轩窗，正梳妆。

——宋·苏轼《江城子·乙卯正月二十日夜记梦》

【赏析】

我在梦中又回到了家乡，你正坐在窗前打扮梳妆。可是这天地间哪里还有你的身影呢？

【人生感悟】

有人说，年少时很少会回味过往，我们一直赶路，没有时间没有心思去回首，更多的是懵懵懂懂。直到慢慢成长，总是在夜深的时候，忍不住地回首往事，我们一路走来的艰辛和欢笑仿佛就在昨天。

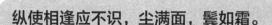 

**纵使相逢应不识，尘满面，鬓如霜。**

——宋·苏轼《江城子·乙卯正月二十日夜记梦》

【赏析】

纵然你我夫妻有再见面的一天，想必你也认不出我来了，因为我早已灰尘满面，两鬓如霜。

【人生感悟】

想起你时，总是忍不住想到从前，那些美好的过往就像一颗种子，在不知不觉间已经扎根、发芽、长大，这棵根植于我心中的参天大树，载满了深深的情意，终究陪伴我一生。

**酒醒长恨锦屏空。相寻梦里路，飞雨落花中。**

——宋·晏几道《临江仙·斗草阶前初见》

【赏析】

酒醒后总觉得围屏空荡荡的，心也好似缺了一角无法填满，只能梦境中跋山涉水苦苦找寻伊人的踪影。

【人生感悟】

随着岁月的流逝，时间的向前推移，我们会渐渐地看淡世事。即便未来的生活依旧磨难重重，我们要用平和的心态直面人生中发生的事情，包括自己与他人的关系，以及生活中的各种变故。淡然一笑，山峰都可平，更何况人生中的情爱和故事呢？

# 哲理篇

禅意人生

菩提本无树，明镜亦非台。本来无一物，何处惹尘埃。

——唐·惠能《菩提偈》

【赏析】

菩提（即觉悟）本来就不存在于任何花木之中，明镜也并非立在任何特定的平台上，真正的空无并不是外在的表现，而是内心的境界。

【人生感悟】

我们不应该被外在的表象所迷惑，而是要注重内心的修行和体悟。世界纷扰喧嚣，我却内心宁静。

**逢人不说人间事，便是人间无事人。**

——唐·杜荀鹤《赠质上人》

【赏析】

如果一个人遇到人时不谈论人间的琐事，那么他就可以成为人间无事的人。

【人生感悟】

我们身处红尘，要想无事一身轻，那么便少谈论琐事，多关注内心的平和与宁静，这样才能在生活中找到真正的幸福。

**无为无事人，逍遥实快乐。**

——唐·寒山《诗三百三首其二四六》

【赏析】

没有作为，没有烦心的事，自由自在，实在很快乐。试问谁不向往自由和无忧无虑的生活呢?

【人生感悟】

生活原本没有那么复杂，有时候可能只是因为我们要求得太多，那么便丢掉一些"包袱"，轻装上阵，只有简单、自由和无拘无束的生活才能带来真正的快乐和满足。

**何须更问浮生事，只此浮生在梦中。**

——唐·鸟窠《无题》

【赏析】

何必在意人生中的事情，人生就像梦中的幻境。

【人生感悟】

人生短暂而虚幻，我们应该随遇而安，而不是过度追求名利和世俗的快乐。要珍惜当下的生活，不要为过去的烦恼和未来的忧虑所困扰，更要学会放下，自在生活。

> 一悟归身处，何山路不通。
>
> ——唐·卢纶《宿澄上人院》

【赏析】

一旦领悟到真正的修行之道，无论选择何种道路，都可以通向解脱的大门。

【人生感悟】

悟道是人生中最为关键的一步，因为一旦真正理解了生命的意义和目的，我们就可以选择适合自己的生活方式和道路，从而迈向更高境界。

> 暗昧处见光明世界，此心即白日青天。
>
> ——明清·王永彬《围炉夜话》

【赏析】

在黑暗和阴暗中看到光明和希望，就如同心中升起明亮的太阳和广阔的天空。

**【人生感悟】**

我们应该保持乐观和积极向上，即使在困难和挫折面前也不应放弃希望，要始终相信未来有光，道路终将顺畅。

心似白云常自在，意如流水任东西。

——明·许仲琳《封神演义》

**【赏析】**

心境就像白云一样自由自在，不受拘束；而意愿则如同流水一样，随心所欲，任意东西。

**【人生感悟】**

身处红尘，因为一些传统、规则等世俗的约束，总觉得寸步难行，不如放宽心，勇敢地去追求自由和真实自我，追求自己的梦想和愿望。

世界微尘里，吾宁爱与憎。

——唐·李商隐《北青萝》

**【赏析】**

在这个世界上，我只是微不足道的一粒尘埃，我何必去在意别人的看法和情感呢？

**【人生感悟】**

人贵在有自知之明，我们无须过分在意外界的评价，要坚定自己的信念和目标，去追求内在的修养和价值，渺小如我们也可以拥有强大的内心。

**山高自有客行路，水深自有渡船人。**

——明·吴承恩《西游记》

【赏析】

山再高也会有攀登者的道路，水再深也会有渡船的人。

【人生感悟】

在困难和挑战面前，我们要有充足的勇气和毅力。无论前方的路有多么艰难，总有人会找到通向成功的道路。不要被眼前的困难所吓倒，要有勇气和决心去迎接挑战，成功属于那些敢于攀登的人。

**花气薰人欲破禅，心情其实过中年。**

——宋·黄庭坚《绝句》

【赏析】

这馥郁的花香气打破了我的禅定，心境已过了年少时期的活跃，如今的我只想不被打扰。

【人生感悟】

人到中年，回首半生的时候，会发现之前以为很艰难很困苦的日子居然都被自己咬牙走过来了，这时候，会感觉到自己的内心被成就感填满，再看其他的事情，一切都淡然了。

**安禅不必须山水，灭得心头火自凉。**

——唐·杜荀鹤《夏日题悟空上人院》

**【赏析】**

修行不必非要去世外桃源之地，只要心中消除烦恼，自然会觉得清凉。

**【人生感悟】**

外在的环境并不是最重要的，内心的修行才是自得其乐的关键。只有保持内心的平静，才能超越烦恼和困扰，找到真正的快乐和平静。

千尺丝纶直下垂，一波才动万波随。夜静水寒鱼不食，满船空载月明归。

——唐·德诚《拨棹歌·其一》

**【赏析】**

垂钓不只是为了钓到鱼，更是为了追求内心的平静和宁静。只有心境宁静，才能观察到鱼儿在水中游动的细节，感受到月光的沐浴。

**【人生感悟】**

只有放下世俗的纷扰，内心才能真正平静，才能更好地面对生活中的种种挑战。

量尽前人长与短，自家长短几时量？

——元·石屋《裁缝诗》

【赏析】

别人的长短只是表面现象，真正重要的是自己的长短。

【人生感悟】

不要过分关注他人的长短，要关注自己的长短。只有洞察到人生的本质，真正了解了自己的长短，才能更好地规划自己的人生，实现自我价值。

> 门庭清妙即禅关，枉费黄金去买山。只要心光如满月，在家还比出家闲。
>
> ——清·张问陶《禅悦二首·其二》

【赏析】

门庭清静便如同身在禅室，不需要花费黄金去买修行的山，只要内心光明如满月，在家修行反而比出家更闲适。

【人生感悟】

内心的修行与外界的环境无关，只要内心清净、光明，无论身在何处，都能感受到心灵的闲适与自由。真正的禅悦不在于形式，而在于内心的修行与体验。

> 我来问道无余说，云在青天水在瓶。
>
> ——唐·李翱《赠药山高僧惟俨二首》

【赏析】

我来向你询问，你没有什么多余的言论，只是告诉我云在青天之上而水在瓶中央。

**【人生感悟】**

真正的智慧往往简洁明了。在寻找真理或解答疑惑时，我们应该摒弃繁复冗长的说教，回归问题的本质。大道至简，最简单、最直接的答案往往最能击中要害。我们应该学会用清晰明了的语言去表达，以使他人更容易理解和接受。

> **但知江湖者，都是薄命人。**
>
> ——明·佚名《增广贤文·下集》

**【赏析】**

那些了解江湖的人，往往都是命运坎坷的人。

**【人生感悟】**

了解社会并不一定带来好的结果。过于深入地观察和了解一个复杂的环境，可能会使人陷入其中，难以自拔。有时，无知、无畏也是一种幸福。

修心悟道

不负三光不负人，不欺神道不欺贫。

——唐·吕洞宾《绝句》

【赏析】

既要尊重自然规律和社会规范，又要坚持道德信仰，不欺瞒他人。

【人生感悟】

做人做事应该光明磊落，遵循规律和道德，不违背良心。只有敞开心扉接纳世间的美好，以真诚和善意对待他人，才能在人生道路上走得更远。

须知物外烟霞客，不是尘中磨镜人。

——唐·吕洞宾《为贾师雄发明古铁镜》

【赏析】

需要知道的是那些沉浸于自然风景和远离尘嚣的人，不是沉溺于世俗、打磨镜子的人。

【人生感悟】

要想摆脱尘世的纷扰，摆脱功利的束缚，追求精神的自由和超越，就要用清明的态度看待世界，以欢喜之心度日，以宽容去除内心的障碍，并时刻保持平常心。

夜深鹤透秋空碧，万里西风一剑寒。

——唐·吕洞宾《题全州道士蒋晖壁》

【赏析】

深夜鹤鸣穿过秋日的碧空，西风万里带来一道寒气。

【人生感悟】

人生如一场长跑，我们应该时刻保持冷静，以应对困难和挑战。只有情绪稳定，用平常心对待自己的人，不断努力，不断奋进，才能生活得更加快乐幸福。

且将诗酒瞒人眼，出入红尘过几冬。

——宋·白玉蟾《华阳吟三十首》

【赏析】

且用诗词酒水瞒过他人的眼睛，在尘世中出入游走几年。

【人生感悟】

在面对生活的困扰和挫折时，我们可以借助诗词和酒来暂时逃避现实，减轻内心的压力。但是，不能一直沉迷于这种消极中，而应该积极面对现实，勇敢地生活。真正的勇敢是认清生活的真相后，依然热爱生活。

---

忽然嚼得虚空破，始知钟吕皆参玄。

——宋·白玉蟾《心竟恁地歌》

---

【赏析】

突然能够体悟虚空的真理，才明白汉钟离、吕洞宾这些大贤智者其实都只是在探讨深奥的玄理。

【人生感悟】

只有通过不断的学习和思考，才能逐渐理解世界的本质和真理；只有不断地挑战自己的认知极限，才能不断提高自己的修养和境界。

---

身外有身身里觅，冲虚和气一壶春。

——宋·白玉蟾《大道歌》

---

【赏析】

在身体之外，还有另一个自己，而在身体内部，却还是需要寻求真理。这种空灵和虚无的和谐，就像一壶暖春的气息。

【人生感悟】

我们需要从内心深处寻找真正的自我，并保持一种虚灵无物的状态。

> **天然耿介，爱一身孤僻，逍遥云壑。**
>
> ——宋·丘处机《月中仙·景金本作山居》

【赏析】

生来就喜好孤独，逍遥自在于云间山壑。

【人生感悟】

孤高清廉的品质并非是与生俱来的，也并非是高傲自大，这是一种不受外界干扰和诱惑，执着地追求自我和高尚精神的境界。

> **纵横自在无拘束，心不贪荣身不辱。**
>
> ——宋·丘处机《青天歌八章·其三》

【赏析】

不受任何约束，任意畅达自由自在，心无贪念，因而没有被荣辱所玷污。

【人生感悟】

我们应该摆脱世俗的束缚，追求内心的自由和淡泊名利的精神境界。而不是被当下的名利迷失了双眼，丧失了初心，最后一无所获。

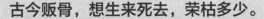

**古今贩骨，想生来死去，荣枯多少。**

——宋·刘处玄《酹江月》

**【赏析】**

自古至今，死去生来，不知有多少人。

**【人生感悟】**

时光易逝，世事无常。人生的兴衰荣辱只是暂时的，我们不应过分执着于眼前的得失，而应该以淡泊从容的心态看待人生的起落，接受世事的磋磨与平和。

**浮生事，苦海舟，荡去漂来不自由。**

——元·张三丰《无根树》

**【赏析】**

人的一生就如同在苦海中划船，漂来荡去无法自由。

**【人生感悟】**

在面对人生困境时，我们有时会很无奈，也会生出对命运无法掌控的感慨。人生事不如意十之八九，在遇到各种困难和挑战时，我们要以充足的勇气去面对并接受无法改变的事实，以坦然的心看世事纷纭，以果敢的心冲破世俗的网。

**酒初醒，梦初惊，月初明，性初平。如觉悟，是前程。**

——金·王哲《无调名·赠丹阳》

【赏析】

酒醒之后，梦中所见亦觉惊奇，月光如水，性情亦随之平和如水。若人能觉悟，则前程万里。

【人生感悟】

酒醒梦醒后初得觉悟，心性随之平和宁静。若能保持清醒，就能拥有无限的前途。

> 却把渔竿寻小径，闲梳鹤发对斜晖。
>
> ——唐·张志和《渔父》

【赏析】

一位老渔夫在夕阳下拿着渔竿在小径上悠然自得地寻找着路径，同时对着斜阳悠闲地梳着稀疏的白发。

【人生感悟】

在生活的道路上，我们需要保持平和的心态，享受自然的美好，从容面对人生的得失与荣辱。

> 目前无事即仙乡。且恁随缘豁畅。
>
> ——金·尹志平《西江月》

【赏析】

现在感觉无事一身轻就是仙境一般。让我们就这样随缘过得开心吧。

【人生感悟】

我们要学会珍惜当下，顺应自然，保持乐观的心态。

放开匝地清风，迷云散尽，露出青霄月。

——金·郝大通《无俗念·鸣鹤馀音卷之一》

【赏析】

放开心扉，心境开朗，犹如清风拂过大地，将浓厚的云雾吹散，现出明亮的月光。

【人生感悟】

内心的清新与愉悦可以驱散生活中的迷茫与焦虑，让我们的内心变得更加光明和健康，让我们在生活中积极寻求清新的体验，让心灵在清新中得以释放。

东风吹散梅梢雪，一夜挽回天下春。

——宋·白玉蟾《立春》

【赏析】

东风吹落了梅花枝头的雪，一夜之间，天地回春。即使在最寒冷的冬天，也要等待春天的到来。

【人生感悟】

我们应该坚持希望和信念，因为美好的时光可能就在下一个阶段。让我们勇敢面对生活的挑战，坚持不懈，因为希望和春天就在前方。

友情篇

江南无所有，聊赠一枝春。

——南北朝·陆凯《赠范晔诗》

【赏析】

我身处的江南没有什么能够送给你的礼物，暂且捎去一枝早春的梅花，带去我的问候吧！

【人生感悟】

朋友之间的问候和关怀，不在话语多少，而在内心的情。有时长篇大论，却不见得倾注感情；有时只言片语，却饱含深情。我对你的挂念可能凝聚在小小的一枝梅花上，停留在一个眼神里，蕴含在一句问候里。虽然不能相伴，但真挚的祝福不因时光而改变。

**夜阑风静欲归时，惟有一江明月碧琉璃。**

——宋·苏轼《虞美人·有美堂赠述古》

【赏析】

夜深人静之时，我们扶着醉酒的彼此想要回去休息时，那一刻一轮明月将月光洒在江水上，澄澈的江水好似一面碧绿的水晶。

【人生感悟】

淅淅沥沥的是春日里的细雨，轻轻柔柔的是和煦的春风，恋恋不舍的是身边的好友，季节变迁，岁月轮转，无论宁静的月夜还是热闹的白日，我们的友谊从未停息，它像琉璃一般干净透明。

**红豆生南国，春来发几枝。愿君多采撷，此物最相思。**

——唐·王维《相思》

【赏析】

鲜红浑圆的红豆，生长在温暖的南方，每到和煦明媚的春天，它便长出一枝又一枝的繁茂枝条。愿您多采集一些，因为这一颗颗小小的红豆最能引起人的思念。

【人生感悟】

生活中的美好事物总是在不经意间出现，需要我们去发现和珍惜。珍惜眼前人，热爱生活，要对每个明天充满希望与期待。

**不信道，遂成知己。**

——清·纳兰性德《金缕曲·赠梁汾》

【赏析】

我从来没想过，有一天我们会结为知己。

【人生感悟】

朋友，不在数量，而在质量。时间可以识别出身边的人，落难才能见到真心，我们相互吸引、相互成就，在艰难困苦之中，心灵深处的纽带依然会牢固地连在一起，不会折断。

万两黄金容易得，知心一个也难求。

——清·曹雪芹《红楼梦》

【赏析】

在我心中，黄金虽然珍贵无比，但只要努力拼搏即便万两黄金也能轻易得到，只因黄金是外物；而友谊比黄金更难能可贵，因为真正了解彼此心意的好友一个也难以寻求。

【人生感悟】

想交到真正的知心朋友，彼此熟悉、信任、尊重、欣赏这些都是必不可少的，当然彼此也要有共同的话题，能互相吸引互相成就。要想这份友谊长久，还需要彼此都有能力提供给对方帮助，一起随着年龄的增长而成长，提升人生的境界。

善人同处，则日闻嘉训；恶人从游，则日生邪情。

——南朝·范晔《后汉书》

【赏析】

同德才兼备的人相处，就会受到美好的教益；和行为不规矩的人厮混，就会滋生邪恶的思想。

【人生感悟】

长大以后才恍然发现，原来无论是社会上还是生活中，会有一个个不一样的圈子，每个圈子都弥散着"生人勿近"的气息。在这种情况下，反而懂得了知心好友的真谛。一起吃饭、唱歌、打游戏只不过是几个人凑在一起打发时间，这样的友情会慢慢如云烟一般悄然无息地飘散。

> 花径不曾缘客扫，蓬门今始为君开。
>
> ——唐·杜甫《客至》

【赏析】

今天因为您的到来，我特意清扫了从来没有打扫过的花径，这柴门从未对别人开放过，今天为您打开。

【人生感悟】

随着年龄的增长，你会渐渐地发现，曾经以为一辈子会在一起的朋友慢慢地变得生疏，没有了共同的话题，而后散落在人海。可是当久别重逢，又遇到老朋友时，心中依然激荡不已！

> 人之相识，贵在相知。
>
> ——战国·孟轲《孟子》

【赏析】

人们互相认识，结为朋友，最珍贵的莫过于相互了解。相遇最美，相知最贵。

【人生感悟】

人生就是一场旅程，每个人都是路人，能遇见是一场美丽的意外，也是一份美好的缘分。但是匆匆分别后，一切便戛然而止。有幸的是和你结伴走过一程，有机会与你相处，无论是我还是你都要用心用诚意来经营这段友谊。

> **君子之交淡如水，小人之交甘若醴。**
>
> ——战国·庄周《庄子》

【赏析】

和有才有德之人做朋友，两人的友谊虽然清清淡淡像水一样，但是十分久远绵长。与人格卑鄙的人结交，虽然友情浓厚得像甜酒一样，但是会无缘无故地离散。

【人生感悟】

与小人交往，其实双方都清楚地知道，这份深情厚谊只是表面上的。而与君子来往，友谊建立在理解、尊重、诚信的基础上，正因为相互理解尊重，所以日常生活中不苛求、不嫉妒，这份友情看着并不是那么热烈，像白水一样，但当遇到事情时，这份弥足珍贵的友情足够温暖你的心田，指引你走出黑暗。

**人之相知，贵在知心。**

——战国·孟轲《孟子》

【赏析】

想成为知己，除了相互了解，最难得的是能够了解到对方心灵深处的想法。

【人生感悟】

知心的人，可遇不可求，一旦遇上了，就算只是那么一两个，也足以让我们受益一生。因为遇见仅仅是开始，我们要试着了解彼此，在了解之后还能敞开心扉去理解彼此，这样才算得上知己。

**势利之交，难以经远。**

——三国·诸葛亮《论交》

【赏析】

因为权势和利益进行的交往，是难以持久的。

【人生感悟】

因为利益的驱使，有些人会主动凑上来，他们风趣幽默、细心体贴，拥有一个完美好朋友的所有优点，此时的交情甜蜜得像糖一样。但是当他们发现在你身上占不到便宜、无法获得利益时，或者当你遇到灾祸、忧患时，他们会毅然决然地将你抛弃。正好应了那句话："但凡无缘无故而接近相合的，也会无缘无故地离散。"

西窗下，风摇翠竹，疑是故人来。

——宋·秦观《满庭芳·碧水惊秋》

【赏析】

坐在西窗下静静地发呆，微风吹动翠竹，发出一阵声响，我高兴地站起来往外望去，还以为是老朋友来了。

【人生感悟】

失去和离开是人生常态，回味想念也是一种安慰，珍惜当下，继续陪伴才是幸福。

五月五日午，赠我一枝艾。

——宋·文天祥《端午即事》

【赏析】

还记得那年五月初五端午节，你送给我一枝艾草。因为是朋友的馈赠，艾草在节物之外还象征赤诚的友爱。

【人生感悟】

远方的朋友，看见艾草，你是否也能想起我呢？想起我们在岁月长河里的相互陪伴，想起我们之间那些细碎的温暖，想起不经意间的互相惦念和独有的默契。

数人世相逢，百年欢笑，能得几回又。

——宋·何梦桂《摸鱼儿·记年时人人何处》

**【赏析】**

细数人间的重逢，短短一生，又能有几次呢？

**【人生感悟】**

还记得年少时的同伴吗？那时候的我们多么纯真，不知道从什么时候起，长大的我们就像蒲公英那样，离开了家乡，散落在天涯。可是，偶然间，当我们走过熟悉的路，听到熟悉的歌时，就会突然想起那些曾经的朋友。虽然走着走着，一些朋友因为各种各样的因素慢慢地变成了陌路，但是仍然会止不住地想念，想念从前天真的我们，想念一起经历过的喜乐悲伤，想念那时年少的我们。

今夜故人来不来，教人立尽梧桐影。

——唐·吕洞宾《梧桐影·落日斜》

**【赏析】**

夜渐渐深了，老朋友究竟会不会来呢？月华洒落了一地，梧桐树影婆娑起舞，树影里只剩下已经等候多时的我。

**【人生感悟】**

人的一生中，情感是必不可少的。亲情，我们无法选择，因为一出生便注定了。爱情，更讲究缘分，两个人彼此相爱，经历过磨合，才能相守一辈子。而友情，我们可以自己去选择，好的朋友可以帮助我们成长。珍惜身边每一个以真心相待的朋友吧！

与朋友交而不信乎？

——先秦·孔子《论语》

【赏析】

同朋友交往是否诚实可信了呢？

【人生感悟】

朋友间的相处，最重要的是彼此诚信，诚信也是友情开展的前提，更是长久交往的关键，只有言而有信才能互信，两人才能真正去推心置腹、真诚相待。

闻道欲来相问讯，西楼望月几回圆。

——唐·韦应物《寄李儋元锡》

【赏析】

自从听说了你要来寻我的消息，我便一直守在高高的西楼上盼望着你的身影，可是月亮圆了好几次，你却还没有来到。

【人生感悟】

分别后，最期盼的莫过于重逢。重逢的那一刻，我们的快乐幸福达到了巅峰，而重逢之前的期盼显得那么悠长，但是又那么欣喜。

待到重阳日，还来就菊花。

——唐·孟浩然《过故人庄》

【赏析】

等到九九重阳节那天，我还要来这里和你一起饮酒观赏菊花。

【人生感悟】

在这个繁忙的社会中，我们常常追求物质而忽略了情感的温暖。重阳节赏菊，成为了亲人团聚、思考生命的重要方式。通过欣赏大自然能更深刻地感受生命的奇妙与美好。

山河不足重，重在遇知己。

——唐·鲍溶《杂曲歌辞·壮士行》

【赏析】

在我心目中，山河再美也比不上遇到一个知心的人重要。

【人生感悟】

金钱、名利、物质这些都不如友谊和知己重要。因为易求无价宝，难得有心人，这个有心的人就是知己。知己就是，无论何时何

地，只要你有困难，他都能义无反顾站出来提供帮助的人。知己是在你满腹心事时默默在身边守候开解你的人。一个心意相通的知己，可以陪伴你度过人生所有难挨的时刻。正是因为有知己的存在，人生才变得更有意义。

凉风起天末，君子意如何。

——唐·杜甫《天末怀李白》

【赏析】

天边吹来一阵阵的凉风，我站在风中又想起了你。这阵风是否也吹到了你那里，你现在的心境又是怎么样呢？

【人生感悟】

当你白天望着天空时，悠悠的白云里藏着我的思念；当你夜晚遥望明月时，风儿拂过树梢。那莹润的月光里、那凉爽的风儿里写下了我的想念，它会轻轻地、淡淡地，来到你的窗前，抚过你的眉梢。

人生不相见，动如参与商。

——唐·杜甫《赠卫八处士》

【赏析】

世事渺茫，挚友有时候好像西方的参星与东方的商星一样，一出一没，你落我升，无法相见。

【人生感悟】

偶然的碰见，是多么惊喜，那些岁月和过往好似潮水般汹涌而来，可惜的是重逢之后又是长久的分离，这种悲喜交集的人生感慨，大概只有经历过的人才会懂得吧！

我居北海君南海，寄雁传书谢不能。

——宋·黄庭坚《寄黄几复》

【赏析】

我住在北海，你住在相距千里的南海，即便是将思念写进信里想要寄给你，可是送信的大雁也无法飞过这遥远的距离。

【人生感悟】

可能是年老了，我总是回忆起从前，那年我们一起在春风里赏着落花饮酒的场景仿佛就在昨天。年少时曾共度患难，日子即便难

熬，因为有朋友的陪伴也总觉得充满了乐趣。因为我们相伴便不会绝望，不会踟蹰。

桃李春风一杯酒，江湖夜雨十年灯。

——宋·黄庭坚《寄黄几复》

【赏析】

屈指一数，原来我们各奔东西竟已有十年，每一个寥落的雨夜里，我都会对着泛黄的孤灯想念你。

【人生感悟】

随着年岁渐增，事业起起伏伏，生活有喜有悲，慢慢地只剩下了麻木，知心的人可遇不可求。再回首，往事如梦，梦里摇摇晃晃的是那些回不去的曾经和年少时的你我。还好，在无尽的黑夜里，在红尘的浮沉里，还有你让我留恋，让我思念，让我期盼。

一年好景君须记，最是橙黄橘绿时。

——宋·苏轼《赠刘景文》

【赏析】

你一定要记住这一年中最好的光景，那就是秋末冬初的时节，那时橙子金黄、橘子青绿。

【人生感悟】

清晨因旭日而绚彩，夜空因繁星而璀璨，人生因知己而幸福。愿您在这秋末冬初的时节，留住最美好的光景，感受到丰收和温暖的氛围，度过一个美妙而难忘的时刻。愿您珍惜这大好时光，保持乐观向上的心态，坚持努力不懈，去创造更加美好的未来。愿您此去前程似锦，一路繁花相送。

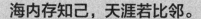 

**海内存知己，天涯若比邻。**

——唐·王勃《送杜少府之任蜀州》

【赏析】

只要有知心朋友的惦念，四海之内也不觉得遥远。即便他远在天边，内心也觉得像邻居一样亲密。心若相连，天涯就是咫尺，心若遥远，咫尺也是天涯。

【人生感悟】

知己的问候和关心可以拉近天涯海角的距离，让人即便远在天边亦能相知相暖。没有知己相伴，身边的人哪怕就在一尺之内，内心也会像冰雪一样冷漠坚硬。

**相知无远近，万里尚为邻。**

——唐·张九龄《送韦城李少府》

【赏析】

只要两个人互相知道彼此的情谊，就不在乎距离的远近，因为即使远隔万里也能感受到对方的思绪，如好邻居般亲近。

【人生感悟】

在这苍茫的人生里，许多人来了又走，知心的朋友却一直都在。高兴时有人与你分享快乐，痛苦时你可以敞开心扉尽情诉说，困难时有人陪伴给予温暖，也许不常联系，也许不在身边，但是每次见面不会觉得生疏，反而相谈甚欢。漫漫人生路，若是能遇到一个心灵契合的朋友，请好好珍惜。

**醉笑陪公三万场。不用诉离殇。**

——宋·苏轼《南乡子》

【赏析】

今日定然要与你把酒言欢，大醉上三万场。我们只管畅饮，不必像他人一样借酒来诉说离别的愁苦，免得黯然伤神。

【人生感悟】

多情自古伤离别，可是即便将这离愁别绪说出来，也只能得到宣泄之时的痛快，无法改变什么，如此一来忧愁更深，离别更痛。这一去，海天相隔，山长水阔，以后坐在一起聊天喝酒的机会就更渺茫了。可我更不愿意，让这次仅存的相聚时间，留下执手相看泪眼，无语凝噎的画面，不如就举杯一起喝个痛快，将欢乐进行到底，才能不负这相知一场。即便多年后回忆，也只记得这次愉快的告别。

**浮云游子意，落日故人情。**

——唐·李白《送友人》

【赏析】

我抬头望着苍穹，天空中流动的浮云多么像在远方漂泊的游子啊，无法确认行踪。夕阳洒下一片余晖，笼罩着山坡，它一点点地消散，似乎也有所留恋。

【人生感悟】

"离别"两个字总是带着一层淡淡的惆怅，让人心生不舍，与知心好友分别更是如此。无论是因为工作、学习还是其他原因，与朋友离别都是人生中难以避免的事。然而，离开不仅代表着结束，更多的时候，它也是另一种开始，因为有了分别，我们才会有重逢。

**凭寄语，劝加餐。桂花时节约重还。**

——清·纳兰性德《于中好·握手西风泪不干》

**【赏析】**

纵有千千万万的不舍和别情，到了嘴边凝结的话语不过是：你要多加餐饭，吃得饱饱的，不要瘦了。等到桂花开放的时节，你一定要回来赴约。

**【人生感悟】**

亲朋挚友离别时，话语总是朴实无华的，吃饱一点，再喝一杯吧，因为这一次分别后，不知道什么时候才能重逢，世事难料，只恨聚少离多。相聚的机会越来越少，这样的日子虽然难熬，但是并不会觉得孤单。因为有幸拥有一个知己，能叮嘱你一日三餐，能有人期待你的归来，能有人即便身在远方却依然惦念你，这就是最温暖的事。

**我寄愁心与明月，随君直到夜郎西。**

——唐·李白《闻王昌龄左迁龙标遥有此寄》

**【赏析】**

我将忧愁和担忧寄托给了明月，希望它能陪伴你一直到遥远的夜郎以西。

**【人生感悟】**

人生总有些无赖、寂寞、离别……我们不可避免，亦无法挽留。但只要正确面对朋友的顺境与逆境，同甘共苦共患难。朋友之间的感情不会被距离打败。

今日乐相乐，别后莫相忘。

——东汉·曹植《怨歌行》

**【赏析】**

今日只管尽情欢乐，分别之后千万不要忘记彼此。

**【人生感悟】**

天地广阔，人世苍茫。我们总觉得来日方长，可是并不知道有时候朋友间一分别，有可能就是一生，我们还有没有重聚之日？多年以后重聚的我们，又都是何等模样？

既然分别已经成为定局，那么便放下离愁别绪，把不舍融入真心祝福里！勇敢去吧！希望你带着欢笑迎来一个全新的开始，未来不要将我忘记。

但去莫复问，白云无尽时。

——唐·王维《送别》

**【赏析】**

你尽管去吧！我尊重你的决定，不会再去追问。那里的天空是那么湛蓝，天际里飘浮着绵延不尽的白云。

【人生感悟】

离别总是令人伤感，前程渺茫，未必总能如人所愿。也许你失去了一粒沙，但你还可拥有整个世界。

> **同声自相应，同心自相知。**
>
> ——西晋·傅玄《何当行》

【赏析】

两人同声自然能够相互应和，两人同心自然会相互理解。

【人生感悟】

能在了解的基础上相互理解便可以称为知己。知己会不问缘由、坚定地支持你做的任何决定，你只管大胆去追寻理想，他会一直在身后默默守候。他知道你的喜好，懂得你的追求，在你失落时他给予安慰，比你还心痛。

> **但得微躯且强健，天涯何处不相逢。**
>
> ——元·耶律楚材《再过西域山城驿》

【赏析】

如果微贱的身躯能够长长久久的健康，无论何地我们总有一天会重逢。我会一直等，等待与你重逢的那天。

【人生感悟】

无论现在你在怎样的困局里，在怎样的低谷里，只要健康的生命还在，熬过这个时期，一切都会变得与从前不同。不要轻易地放弃，因为未来更美好。

**挥手自兹去，萧萧班马鸣。**

——唐·李白《送友人》

【赏析】

在这山清水秀的地方，你我挥手就此分离，仿佛知道即将要远行似的，你骑的那匹马发出萧萧的长鸣声，不愿离去。

【人生感悟】

这一生我们会遇到很多人，有幸与可数的几个成为好友。在一起时，我们谈天论地、分享喜乐，一起抵御风雨。我们总以为这辈子就会如此了，可是世事无常，有时不得不分开，去追寻自己的梦想，去找寻未来的道路，去面对全新的挑战。不过即便分开，离得再远，我们也会用心保留那份深情。在分离的日子里，我们会思念对方，会想起在一起度过的岁月、经历的点点滴滴。分别让人不舍，但我们会让这份情谊永远珍藏在心底。

**但使残年饱吃饭，只愿无事常相见。**

——唐·杜甫《病后遇王倚饮赠歌》

【赏析】

我这一生没有什么宏大的愿望，只希望我晚年的时候能够吃饱饭，只期盼能够和你经常见面。

【人生感悟】

人们常常说"友谊天长地久"，但是却忘了，要想让这份友谊天长地久，需要用心去维持。在这个飞速发展的时代，除了书信，我们有了视频、微信、电话等更便捷的沟通方式，所以即便和朋友分离，还可以时常联系。

故人不可见，新知万里外。

——宋·文天祥《端午即事》

【赏析】

见不到老朋友，新的知己也在万里之外，只觉得十分无奈。

【人生感悟】

一定要珍惜朋友，即便因为距离的原因不能时常见面，也一定要经常联系，这样可以知道彼此的动态，知道彼此的境遇，也能让朋友知道在你的心中有他的位置，唯有这样友谊才能地久天长。

**一生大笑能几回，斗酒相逢须醉倒。**

——唐·岑参《凉州馆中与诸判官夜集》

【赏析】

试问人这一生能有几次开怀大笑，难得聚在一起，我们便肆意地痛饮一番，即便醉倒也是美梦呀！

【人生感悟】

像歌曲里唱的那样："让我们红尘做伴活得潇潇洒洒，策马奔腾共享人世繁华，对酒当歌唱出心中喜悦，轰轰烈烈把握青春年华。"对酒当歌，莫问人生几何，唯有眼前真心，唯有如今欢乐。

**君不见，月如水。共君此夜须沉醉。**

——清·纳兰性德《金缕曲·赠梁汾》

【赏析】

您难道看不见，今晚的月光好似流水一般，是那么清澈皎洁，趁着月光温柔，我们一定要开怀畅饮，不醉不罢休！

【人生感悟】

很多人很多时候，见一面少一面。有的人，我们以为还有很多次的相遇，却浑然不知很有可能竟是这一生的最后一面。所以，想念了就去见，每一次聚会应尽情欢唱，因为这些斗酒言欢的日子，是可遇不可求的，唯有这般才不负知己一场。

**人生聚散长如此，相见且欢娱。**

——宋·欧阳修《圣无忧·世路风波险》

**【赏析】**

人生的团聚与分散总是如此匆匆，所以相见之时要及时欢乐，才不辜负这相聚之美。

**【人生感悟】**

多年后，过往漫长的岁月都成了须臾，我们又欢快地聚在了一起畅谈人生，这场景是那么熟悉，恍然间好似回到了从前，于是举杯对饮，感谢时光难得的馈赠。但愿你我经历半生坎坷、一路风雨，归来时依旧能如年少时那般心意相通、真诚相待。愿时光不老，我们永不离散。

**花门楼前见秋草，岂能贫贱相看老。**

——唐·岑参《凉州馆中与诸判官夜集》

**【赏析】**

如今花门楼前绿草又被秋风染成了枯黄色，我们怎么能就这样看着彼此在贫贱中衰老下去呢？

**【人生感悟】**

年少时，总以为世界很大，圈子很小，我们还有很多机会遇到。直到一个人走了许久，度过一段又一段的时光，经历过一次又一次的分别，才发现人与人的缘分，在第一次相遇时就开始进入了倒计时。

去年花里逢君别，今日花开已一年。

——唐·韦应物《寄李儋元锡》

【赏析】

去年花开正盛的时候我们分别，如今一年过去了，繁花再次开放，我又想到了你。

【人生感悟】

思念总是突如其来的，有时在落日余晖里，看见几只燕子向遥远的苍穹悠然飞去，心里便蓦的一酸，惦念起远方的朋友，想起曾经与朋友走过的路、看过的夕阳、唱过的歌、吃过的美食……那些美好仿佛就在昨天，仿佛就在眼前。虽然山海能把你我隔开，但隔不开的是深切的思念；虽然距离能够阻隔你我，却无法阻隔真挚的情谊；时间固然可以让人淡忘过去，但是忘不掉永恒的友谊。

**十年曾一别，征路此相逢。**

——唐·权德舆《岭上逢久别者又别》

【赏析】

十年之前我们分别，如今在漫漫征途上再一次相遇。

【人生感悟】

江河湖海，万里征程，如果能在跋涉的路途上遇见一两个懂得自己的好友，人生便觉得被填满了。

**山回路转不见君，雪上空留马行处。**

——唐·岑参《白雪歌送武判官归京》

【赏析】

弯弯曲曲的山路上已经看不到你的身影，雪地里还有你留下的马蹄印。

【人生感悟】

天下无不散之筵席，无论是擦肩而过，还是长久相伴，都应该珍惜珍贵的友谊，珍惜这份美好。

**世路风波险，十年一别须臾。**

——宋·欧阳修《圣无忧·世路风波险》

【赏析】

人世的道路总是风波涌起，充满艰险，我们分开的这十年看似漫长但仿佛顷刻之间便过去了。

【人生感悟】

相逢总是喜悦的，离散又充满了无奈。人生走走停停，世事艰难磋磨，分别，好像有了第一次，就开始了无数次。在一次又一次的离别中，我们渐渐成长，懂得了这是人生的一部分，也是友谊的必经之路。既然没有人会永远留在我们身边，那我们就更应该珍惜眼下这短暂的重逢。

客舍休悲柳色新，东西南北一般春。

——宋·陈刚中《阳关词》

【赏析】

你我坐在客舍里交谈，你言语里充满了悲伤的情绪，在这明媚的春色里东西南北都有绚丽多姿的美景，何必因为离家万里而伤怀。

【人生感悟】

在人生的旅途中，我们都是孤独的旅人。有时候，我们会感到迷茫和无助，不知道前方的道路该如何走下去。但是，请记住，你永远不是一个人。在你的身后，有许许多多的人支持着你，他们相信你的能力和价值。

若知四海皆兄弟，何处相逢非故人。

——宋·陈刚中《阳关词》

【赏析】

倘若你知道四海之内都是兄弟的道理，即使萍水相逢，只要志同道合，何尝不是老朋友呢？

【人生感悟】

即便友人没有陪伴在身边，无论何时无论何处，只要志向相同、价值观一致，都会成为至交。

读书篇

惜时勤学

年与时驰，意与日去，遂成枯落，多不接世，悲守穷庐，将复何及！

——三国·诸葛亮《诫子书》

【赏析】

一个人无论治学还是做事，都要懂得珍惜时光。不能任由年华流逝，意志消磨，最终像枯枝落叶一样，一事无成，年老后空守着破旧的房屋，后悔也没有用了。

【人生感悟】

就像莎士比亚曾经说过的那样："放弃时间的人，时间也会放弃他。"我们每一个人都应该养成惜时的好习惯。

**少年易老学难成，一寸光阴不可轻。**

——宋·朱熹《偶成》

【赏析】

少年时期很容易虚度光阴，到了年老时再学习就会觉得力不从心，每一寸光阴都不应被轻视。

【人生感悟】

我们应该珍惜宝贵的时间，不要等到年老才后悔白白浪费了岁月。每个人都应该抓住时光，全力追求学业和事业的成就。

**男儿欲遂平生志，五经勤向窗前读。**

——宋·赵恒《劝学诗》

【赏析】

男儿若想实现崇高的志向，勤学五经才是最好的途径。

【人生感悟】

书籍将点亮我们的前程。学海无涯，奋发向前，必能成就大业；志存高远，努力学习，未来将不可限量。

**读书不觉已春深，一寸光阴一寸金。**

——唐·王贞白《白鹿洞二首·其一》

【赏析】

不知不觉中，已经到了暮春时节，正是用来学习的好时光，每一寸光阴都像金子一样珍贵。

**【人生感悟】**

我们要善用时间，珍惜每一刻。正如孔子所说："逝者如斯夫，不舍昼夜。"岁月从不会为谁停留，但是读书可以让岁月更厚重。

> **三更灯火五更鸡，正是男儿读书时。**
>
> ——唐·颜真卿《劝学》

**【赏析】**

晚上三更时烛火还未熄灭，五更雄鸡鸣叫之时又早起学习，这一晚一早是男儿发奋苦读最好的时刻。

**【人生感悟】**

书是思想的源泉也是人类进步的阶梯，年轻人要努力学习，锤炼自己，为未来的事业打下坚实的基础。唯有这般才不负这短暂的青春，不负这美妙的年华。

> **古人学问无遗力，少壮工夫老始成。**
>
> ——宋·陆游《冬夜读书示子聿》

**【赏析】**

做学问需要坚韧不拔的毅力，只有在年轻时努力奋斗，才能在老年时取得成就。

**【人生感悟】**

学问是苦根上长出来的甜果，它并非一蹴而就，而需要竭尽全力去学习，长时间去积累，唯有这样才能为未来积蓄能量，收获成功的果实。

---

**万事须己运，他得非我贤。青春须早为，岂能长少年。**

——唐·孟郊《劝学》

---

**【赏析】**

自己的努力和行动是成功的关键，他人的知识并不能代替自己的才干。年少时要趁早努力，一个人不可能永远都是"少年"。

**【人生感悟】**

勇往直前，实现梦想需要坚持和奋斗。无论处境多么困苦，只要发奋图强，终将变得气质非凡、与众不同。

---

**昨日邻家乞新火，晓窗分与读书灯。**

——宋·王禹偁《清明》

---

**【赏析】**

昨天刚向邻居家借来新的火种，破晓时分，天空还昏暗着便坐在窗前点亮灯火读书。

**【人生感悟】**

读书是世上最容易也是最困难的事。容易是只要你想，便可以随时随地阅读，不论时间和环境；困难是要想学有所成，必须坚持不懈地追求知识，日夜不息，孜孜不倦。

业精于勤，荒于嬉；行成于思，毁于随。

——唐·韩愈《进学解》

【赏析】

付出精力和努力，才能取得成功，而荒废时间去嬉乐则会导致失败。同样，只有经过深思熟虑和思考，才能取得行为上的成就，而盲目随从别人的意见和决定往往会导致毁灭。

【人生感悟】

要想成功，一则需要努力付出，二来需要勤于思考，并坚定自己的道路。

学向勤中得，萤窗万卷书。三冬今足用，谁笑腹空虚。

——宋·汪洙《勤学》

**【赏析】**

通过勤奋学习，我们可以获取丰富的知识，就像车胤囊萤取光，勤学苦读一样。有了学问就能充实自己的精神，谁还会笑话我们胸无点墨，肚子空空呢?

**【人生感悟】**

我们要将知识视为珍贵的食粮，不断充实自己，不让内心空虚。

富贵必从勤苦得，男儿须读五车书。

——唐·杜甫《柏学士茅屋》

**【赏析】**

富贵来自努力和学习，男儿应该读取大量书籍。

**【人生感悟】**

人们只有在学术和知识上不断追求，才能实现自己的伟大抱负。读书就是站在巨人的肩膀上，如此才能看得远。你读书达到了一定程度后，财富自然会随之而来。

方法乐趣

读书患不多，思义患不明。

——唐·韩愈《赠别元十八协律六首》

【赏析】

读书学习，担忧读得不够多；思考道理，担忧领悟得不够透彻。

【人生感悟】

学无止境，善于思考是关键。只有勤奋学习，不断思考，才能将知识转化为自身的力量。思考是智慧之门，不停探索，方能前途光明。

**读书破万卷，下笔如有神。**

——唐·杜甫《奉赠韦左丞丈二十二韵》

【赏析】

只有博览群书，下笔的时候才能文思泉涌，好似有神仙相助。

【人生感悟】

只有坚持阅读，深刻领悟文章内涵，才能提升写作能力，在思考中点燃人生激情。当你积累的知识汇聚成河时，终有一天会流泻而出，成就生花妙笔。

**学而不思则罔，思而不学则殆。**

——先秦·孔子《论语》

【赏析】

只学习不思考就会迷茫，只是一味空想而不去学习就会迷惘而不知所得。

【人生感悟】

学习与思考相辅相成，唯有将学习和思考结合才能提升学识。坚持学习，持续思考，生活将因此充满意义。

**击石乃有火，不击元无烟。**

——唐·孟郊《劝学》

【赏析】

学习犹如击石求火，如果不击打，一丝烟也冒不出来。

【人生感悟】

只有不懈努力，才能点燃知识之火。勤奋学习是认识世界的必由之路，勇敢前行，知识将点亮道路，前途自然光明。

力学如力耕，勤惰尔自知。

——唐·刘过《书院》

【赏析】

学习如同农夫耕田，勤劳还是懒惰自己心里十分清楚。

【人生感悟】

学习必须先辛勤付出，然后坚持不懈、耐心孕育，才能走向成功。多读书才有眼界看到最晴朗的天空，才有能力爬上云峰摘下最丰硕的果实。

旧书不厌百回读，熟读深思子自知。

——宋·苏轼《送安惇秀才失解西归》

【赏析】

旧书读多次，也不会感到厌倦，通过深刻的阅读和思考，能够更好地理解其中的道理。

【人生感悟】

温故可以知新，阅读应该是反复深入的过程，只有通过深思熟虑，才能真正领悟书中的意义。这个道理放在生活中也十分适用，无论是工作还是学业，熟能生巧。

> **一时劝人以口，百世劝人以书。**
>
> ——明·袁黄《了凡四训》

**【赏析】**

口头的劝告只能影响一时，但书籍的教化可以传承百世。

**【人生感悟】**

书籍是传播智慧和价值观的重要媒介，对后人产生的影响之大，不言而喻。读书可以使人明理，改变人生的命运。

> **余尝谓，读书有三到，谓心到，眼到，口到。**
>
> ——宋·朱熹《读书要三到》

**【赏析】**

读书需要心、眼、口三者一起发力。心到，表示需要用心理解书中的内容；眼到，意味着应该仔细观察书中的细节；口到，是指反复朗读以加深理解。

**【人生感悟】**

唯有全身心地参与阅读，才能充分领会书中的精华，才能真正享受到阅读带来的乐趣。

**读书百遍，其义自见。**

——西晋·陈寿《三国志》

【赏析】

多次阅读同一本书，我们会逐渐领悟其中的含义，书中的意义也会逐渐显现。

【人生感悟】

《塔木德》一书中说：一个把知识复习了一千遍的人，是一个把知识复习了一百遍的人永远也赶不上的。反复阅读是读书和学习的无上妙法，可以锻炼思维、启迪智慧。

**书卷多情似故人，晨昏忧乐每相亲。**

——明·于谦《观书》

【赏析】

书卷好似多年的老朋友，无论清晨还是黑夜，不管快乐还是忧愁，总有它的陪伴。

【人生感悟】

书如良师益友，与之亲近，思考日夜，内心灵感丛生。阅读时，我们不但能获取知识和智慧，更可以与作者进行思想交流，从而不断地提升自己。

**粗缯大布裹生涯，腹有诗书气自华。**

——宋·苏轼《和董传留别》

**【赏析】**

虽然一生衣装简朴，但是灵魂有诗书滋养，亦会迸发出智慧之光。

**【人生感悟】**

知识是最宝贵的财富，只要我们不断充实自己，努力前行，内心会更为丰盈。无论外表如何，只要"腹有诗书"，高雅、脱俗的气质便会油然而生。

---

**问渠那得清如许？为有源头活水来。**

——宋·朱熹《观书有感·其一》

---

**【赏析】**

为什么那方池塘的水会如此清澈呢？是因为有那不会枯竭的源头为它不停地输送活水。

**【人生感悟】**

阅读就像活水一样可以提供新鲜的思想，使我们的心灵得到滋养。人一出生便注定了生活的环境，但是读书会给沉闷的生活注入新的活力，能让你跳出"围城"看到全新的世界。

---

**熟读唐诗三百首，不会吟诗也会吟。**

——清·孙洙《唐诗三百首·序》

---

**【赏析】**

反复阅读唐诗三百首，即使不会作诗也可以吟诵诗歌。

**【人生感悟】**

通过熟读诗歌，可以培养文学素养，即使不是诗人，也会受益匪浅。就像古诗里所说：随风潜入夜，润物细无声。不知不觉自己竟然也"出口成章"了。

> **读书不知味，不如束高阁。**
>
> ——清·袁枚《随园诗话补遗》

**【赏析】**

如果只读书不懂得其中的义理，还不如将书收起放到高阁里。

**【人生感悟】**

阅读需要细心品味和深思熟虑，每本书都是一场精神的盛宴，品味其中的精髓，享受其中的快乐。

> **读书切戒在慌忙，涵泳工夫兴味长。**
>
> ——宋·陆九渊《读书》

**【赏析】**

阅读需要耐心和深思熟虑，不要匆忙求成。唯有静心才会感受到无穷无尽的兴味。

**【人生感悟】**

囫囵吞枣，只会让思维暂歇。逐字逐句地阅读，对书中内容细细揣摩，这样书中精髓的思想便会潮水一般席卷我们的灵魂。

**一月不读书，耳目失精爽。**

——清·萧抡谓《读书有所见作》

**【赏析】**

一个月不读书，就会觉得耳朵眼睛都不灵敏了，思维也变得迟钝了。

**【人生感悟】**

坚持阅读有助于保持思维的敏捷和头脑的清醒，更好地应对生活中的各种挑战。坚持阅读，将阅读视为一种锻炼，维持身心健康。

**吾生也有涯，而知也无涯。**

——战国·庄周《庄子》

**【赏析】**

人生有限，而知识无穷。

**【人生感悟】**

不断学习是充实人生的关键。追求知识不仅是一种责任，也是一种乐趣，能让人生更加丰富多彩。活到老，学到老，有心学、用心学，人生无处不学问。

**读书之乐何处寻，数点梅花天地心。**

——宋·翁森《四时读书乐·其四》

【赏析】

读书的快乐去哪里寻找呢？它就在那凌寒开放的数点梅花和宁静的内心处。

【人生感悟】

无论是暖春金秋，抑或是酷暑严冬，四时变换，唯有读书的欢乐不变。拂去尘世的喧嚣，洗尽铅华，挑一盏孤灯，独坐在窗前，捧着一本书卷，进入书的世界。花香为伴，星辰为友，如此读书是多么惬意、欢喜。

**活水源流随处满，东风花柳逐时新。**

——明·于谦《观书》

【赏析】

用之不竭的新鲜想法不断地涌来，春风里的花柳正在争着抢着换上新装。

【人生感悟】

就像流动的活水和春日里重生的花草一样，阅读可以不断为我们带来新的知识和启发。它鼓励我们保持对知识的渴望，不断学习，不断进步。

# 情绪篇

乐观豁达

五花马，千金裘，呼儿将出换美酒，与尔同销万古愁。

——唐·李白《将进酒》

**【赏析】**

名贵的五花马和价值千金的皮衣在这一刻，都显得微不足道，将它们一一取出换成美酒，我们不醉不归，酒杯相碰，让那所有的失意和忧愁都消融在这美酒里。

**【人生感悟】**

生活中的挫折和困难，就像是一座座山峰，挡在了我们的前进道路上。然而，正是这些山峰，让我们学会了攀爬，让我们变得更加坚韧和强大。不要害怕困难和挑战，因为它们是成长的必经之路。

> **莫愁前路无知己，天下谁人不识君。**
>
> ——唐·高适《别董大》

【赏析】

请不要害怕前路未知，也不要担心无人理解。普天之下哪个不认识你呢？你的知音、你的友人，都在前方等待着你。

【人生感悟】

亲爱的朋友，纵有千般遗憾万般不舍，面对离别我也依旧选择祝福。希望我的祝福能够成为你前行路上的坚定力量，也希望我们的友谊能够经受住时间和空间的考验。

> **回首向来萧瑟处，归去，也无风雨也无晴。**
>
> ——宋·苏轼《定风波·莫听穿林打叶声》

【赏析】

回首放眼望去，只见来路上风雨交加，寒风刺骨，凄凉冷清。但是我满怀自信，毅然决然地往回走。无论是狂风骤雨还是万里晴空，我都能坦然面对。

【人生感悟】

当你在山顶上回首望向来路时，曾经经历过的风雨交加、冷清凄凉的时刻历历在目。但是，你依然充满自信地选择了往前走。这种勇气和决心是值得赞赏的。人生的旅途中，困难和挑战是难以避免的。但是，正是这些困难和挑战让我们成长和进步。每一次的坚持和努力都会让你变得更加坚强和有信心。

待从头、收拾旧山河，朝天阙。

——宋·岳飞《满江红》

【赏析】

我会重新振作起来，收复那失去的旧山河。当胜利的捷报传来时，我会立即向朝廷发出喜报。

【人生感悟】

在人生的旅途中，时常会遇到困难和挑战，但这些并不能阻止我们追求梦想的步伐。我们不能因为一次失败就放弃，只要坚持不懈，充满信心和勇气，学会从失败中吸取经验教训，一定能实现自己的梦想。

杯行到手莫留残，不道月斜人散。

——宋·黄庭坚《江西月·断送一生惟有》

【赏析】

这酒杯既然已到我手中，哪有不喝的道理？让我们忘却月斜人散的忧伤，不醉不归，让我们开怀畅饮。

【人生感悟】

让那些过去的痛苦和遗憾随风飘散。珍惜眼前的美好时刻，把握住现在，用心去感受每一刻的幸福与温馨。只有现在，才能铸就灿烂的未来。让我们的心灵沐浴在阳光下，不断前行，走向更加辉煌的未来。

千淘万漉虽辛苦，吹尽狂沙始到金。

——唐·刘禹锡《浪淘沙·其八》

【赏析】

他相信自己像金子一样，经过千淘万漉终究会被发现，会闪耀出属于自己的光芒；他相信自己不是被狂风吹散的泥沙，而是注定要熠熠生辉的金子。

【人生感悟】

人生就像一场漫长而精彩的旅程，我们会经历各种挫折和困难。当我们遭遇谗言和打击时，不要轻易放弃，要学会在困境中成长，从失败中汲取经验，从挫折中获得力量。我们要像金子一样，经过时间的淘洗和磨砺，不断锤炼自己，变得更加坚韧和璀璨。

零落成泥碾作尘，只有香如故。

——宋·陆游《卜算子·咏梅》

【赏析】

品格高贵的梅花就算凋落被碾入泥土，它的生命也并没有结束，那一阵阵芳香，便是它留下的永恒印记。

【人生感悟】

生命的真正价值，不在于外在的繁华与喧嚣，而在于内心的坚守与执着。在这个浮躁的社会里，我们应当如梅花一样，不畏严寒，不择环境，坚守自我，执着追求。用坚定的步伐，走出一条属于自己的道路，让生命的每一刻都充满意义和价值。

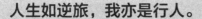

> **人生如逆旅，我亦是行人。**
>
> ——宋·苏轼《临江仙·送钱穆父》

**【赏析】**

人生就像一家家旅店，在这个漫长的旅程中，我们只是匆匆的行人，不必在意别人的眼光和评价。

**【人生感悟】**

以积极的态度面对人生的挑战和逆境，无论遇到什么困难，我们都要保持坚定的信念和勇气，不断前行，不断成长。用自己的力量去书写属于自己的人生篇章，用坚强和勇气去迎接人生的挑战和机遇。

> **老骥伏枥，志在千里；烈士暮年，壮心不已。**
>
> ——东汉·曹操《龟虽寿》

**【赏析】**

年老的千里马虽然已经失去了年轻的时体力和速度，伏在马槽旁，但它仍然保持着对奔跑和自由的渴望，雄心壮志依然如故。

**【人生感悟】**

壮志凌云的人即使到了晚年，也不会停止追求自己的梦想。年老并不意味着失去梦想和追求，相反，它是人生经验积累的体现，是智慧和成熟的表现。

老当益壮，宁移白首之心？穷且益坚，不坠青云之志。

——唐·王勃《滕王阁序》

【赏析】

即使已经年迈，也应该保持旺盛的志气，不能因为年纪大了就停止追求。在面对困境的时候，我们应该更加坚定自己的意志，不放弃自己的远大理想。

【人生感悟】

岁月流转，我们都会经历人生的各种挑战，无论是成功还是失败，都是我们人生中最精彩的部分。因为我们不仅仅是在追逐梦想，也在不断地成长和蜕变。每一次的挑战，都是人生旅程中的一道风景，它们让我们的旅程更加丰富多彩，是我们人生中最宝贵的财富。

科头箕踞长松下，白眼看他世上人。

——唐·王维《与卢员外象过崔处士兴宗林亭》

【赏析】

在松树之下，他无拘无束地坐着，帽子掉落，双腿敞开，两膝微屈，以冷眼看待世人的态度，向世界展示他的独立精神。

【人生感悟】

当我们身处逆境时，不妨放下心中的包袱，静下心来感受生活的美好，欣赏生活中的每一处风景。在宁静的夜晚，凝望天空中的繁星，让心灵沐浴在璀璨的星空下，便能找到前进的动力，也能在逆境中成长。

黄花白发相牵挽，付与时人冷眼看。

——宋·黄庭坚《鹧鸪天·座中有眉山隐客史应之

和前韵即席答之》

【赏析】

他头上的黄花闪烁着，与斑斑白发交相辉映。他的容颜虽然已经刻上了岁月的痕迹，但那兀傲的气质却依然不减。他毫不掩饰地向世人展现出这副疏狂模样，无论他们投来的是冷眼还是嘲笑。

【人生感悟】

尽管所做的努力可能被忽视，梦想可能被嘲笑，但我们不能放弃自己，要始终坚信，自己的价值不在于他人的评价，而在于自己的行动和努力。在经历了各种挫折和打击之后，成功超越自我，变得更加自信和坚强。

失意落寞

夕阳无限好，只是近黄昏。

——唐·李商隐《登乐游原》

【赏析】

太阳渐远，金色的光辉如诗如画，洒向大地，万物沐浴在它的怀抱。夕阳的景色，无限美好与温柔，可惜的是，太阳即将坠下地平线，夜幕即将降临，这金色的光辉就要迅速地消逝了。

【人生感悟】

回望那夕阳，它的余晖似乎在述说着故事，讲述着生命的短暂与无常，也讲述着时间的流转与变迁。我们不能留住这美好的瞬间，只能将它深深地刻在心中，如同那金色的光辉，永远地照耀着我们的心灵。

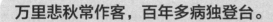

**万里悲秋常作客，百年多病独登台。**

——唐·杜甫《登高》

**【赏析】**

日复一日，年复一年地在外漂泊，不能回到故乡。秋气萧杀，黄叶满地，满是伤感。暮年多病，这身体已经不起这瑟瑟的秋风，我常独自登上高台，聆听家乡的风，凄凉悲怆。

**【人生感悟】**

岁月无情，故乡如梦，长夜漫漫，独自冥想那些过去的岁月，那些曾经的欢笑和泪水。多少个夜晚，我在梦中回到那个曾经的家园，与亲朋好友相聚，重温那些美好的时光。然而，梦醒时分，仍是孤独的夜晚，无尽的漂泊、身体的疲惫，让我感到无尽的悲哀。但我仍然执着地等待着，等待着那一天的来临，等待着回归故土，与亲人团聚，永远不再分离。

**可堪孤馆闭春寒，杜鹃声里斜阳暮。**

——宋·秦观《踏莎行·郴州旅舍》

**【赏析】**

春日的清寒，让人感到孤独和凄凉，尤其是在客馆中。夕阳西下，日暮昏暗的景色中，杜鹃哀婉的鸣声不断，似乎在诉说着"不如归去"，勾起了愁思。

【人生感悟】

此刻的孤独，如同夜幕降临前的最后一抹夕阳，悄然无声，却冷冷清清。让我们在这春日的清寒中，感受孤独和凄凉的同时，也感受那份内在的力量，那份对生活的热爱和对未来的期待。勇敢地向前走，向着光明的未来，向着心中的梦想。勇敢地向前走，向着温暖的希望，向着内在的力量。

雁尽书难寄，愁多梦不成。

——唐·沈如筠《闺怨二首·其一》

【赏析】

月色朦胧的夜晚，妻子独守空房思念戍守边疆的丈夫，想借助大雁寄一封家书给他，可是大雁已经南飞了，信件无法传递。她心中空荡荡的，忧愁如同潮水般涌上心头。

【人生感悟】

当我们的生活因离别、思念而愁苦不堪时，想说的话也会随着愁绪深陷心中而无法诉说。

雪花似掌难遮眼，风力如刀不断愁。

——清·钱谦益《雪夜次刘敬仲韵》

【赏析】

这漫天狂舞的雪花如同手掌般大小，但无法遮住我的眼睛；刺骨的寒风像利刀一样锐利，刺痛着我的身体，却斩断不了我的忧愁。

**【人生感悟】**

我们虽然不能让雪花和寒风消失，但可以选择如何面对它们。可以选择让它们冰封你的心灵，也可以选择让它们磨炼你的意志。在逆境中，让雪花和寒风成为你成长的助力，让你变得更加坚韧和强大。

> **长因送人处，忆得别家时。**
>
> ——唐·张籍《蓟北旅思》

**【赏析】**

每当我送别友人离开，看着他们踏上南归的路时，我总会想起自己离开家乡，亲人相送的场景。

**【人生感悟】**

这种场景让我感到失落和孤寂。每个人都有自己的梦想和抱负，也都曾经历过离开家乡、告别亲人的痛苦。但是，这些挫折并不代表我们的梦想无法实现。相反，它们可以成为我们前进的动力，激发我们追求成功的决心。

> **重倚朱门听马嘶，寒鸥相对飞。**
>
> ——宋·张先《相思令·苹满溪》

**【赏析】**

我背靠着大门，眺望着远方的天空，心中默默想着友人的身影。耳边不时传来马儿的嘶鸣声，我看到空中的寒鸥飞来飞去，以后恐怕只有寂寞常伴我左右了。

【人生感悟】

人生中的离别和重逢，都是生命中不可避免的历程。思念是一种美好的情感，它让我们更加珍视曾经拥有的友谊，也让我们更加期待未来的相遇。关心着对方，祝福着对方，这份真挚的情感会一直伴随着我们。

---

**独自莫凭栏，无限江山，别时容易见时难。**

——五代·李煜《浪淘沙令·帘外雨潺潺》

---

【赏析】

不要一个人独自倚着栏杆，望着辽阔无边的旧时江山。分别时容易，见面时多么艰难。

【人生感悟】

每当夜幕降临，星空闪烁时，我会想起那些曾经一起看过的风景。那时，我们年少轻狂，无忧无虑，相信未来充满了无限可能。如今，岁月已逝，物是人非。愿你在这个世界的某个角落，能够找到属于自己的温暖和陪伴。无论何时何地，心中的那份深情和感动，永远存在。

---

**念天地之悠悠，独怆然而涕下。**

——唐·陈子昂《登幽州台歌》

---

【赏析】

当我想到那无尽的天地，时间的长河不断地流淌，人类的生命在其中有如尘埃般微不足道时，我便止不住满怀的悲伤，热泪不住地往下流。

【人生感悟】

人生就像一场旅行，有时候会遇到风雨和泥泞，无论身处何地，都要相信这个世界上总有一盏灯为你点亮，总有一碗热汤为你留温。即使感到孤独和无助，也不要忘记身边还有许多人在默默地关心和支持你。

不如意事常八九，可与语人无二三。

——宋·方岳《别子才司令》

【赏析】

人生在世，不如意的事情占了八九成，可以和别人倾诉的却没有几件。

【人生感悟】

人的一生都会或多或少地背负着苦痛，忧愁也好悲惨也罢，唯有亲身经历才能体会，即便说出来，又有谁能懂，有谁能安慰？我们深知，倾诉无用，只是徒增一分凄凉罢了，这就是所谓的长大，所谓的懂得。

多情自古伤离别，更那堪，冷落清秋节。

——宋·柳永《雨霖铃·寒蝉凄切》

**【赏析】**

多情的人最伤心的是离别，更何况又逢这萧瑟冷落的秋季，无边无际的离愁如同寒冷的秋雨，绵延不绝，让人无法承受。

**【人生感悟】**

人生就像一场旅行，每个人都有自己的路要走。我们需要勇敢地面对离别，只有在经历了离别的痛苦之后，才能更加珍惜相聚的时光。但愿我们在未来的日子里，能够重新找到彼此，继续未完的故事。

> **问君能有几多愁？恰似一江春水向东流。**
>
> ——五代·李煜《虞美人·春花秋月何时了》

**【赏析】**

想要问问你心中有多少愁绪，它如同春天的江水，源源不断地向东流去，无法止住，烦恼和痛苦也无法止息。

**【人生感悟】**

从"王"到"囚"，从"九五至尊"到"西楼独客"，人生充满了跌宕起伏，迂回曲折。满心的愁绪无法排解，人生总有大起大落。陷入困境时，需要积极的思考和自我激励来渡过难关。

悠闲惬意

随意春芳歇，王孙自可留。

——唐·王维《山居秋暝》

**【赏析】**

不如就让春景自然地消散吧！山中的秋景更加壮阔，可以长久地留下，与这美景相融。

**【人生感悟】**

生活总是充满了变数。或许有一天，我会离开这个美丽的山村，去追逐自己的梦想。但无论我走到哪里，这雨后的山村、这宁静的夜晚、这潺潺的泉水，都会成为我心中永恒的记忆。在我心中，这个山村永远存在，永远美丽。

> **我醉欲眠卿且去，明朝有意抱琴来。**
>
> ——唐·李白《山中与幽人对酌》

【赏析】

困意袭来，我有些醉了，想睡觉。你先离开吧，不要打扰我。如果你有意继续享受这种氛围，那么明天请抱着你的琴再来。我们可以再次畅饮，畅谈音乐和人生。

【人生感悟】

当你感到困倦和醉意时，不要勉强自己保持清醒。明天醒来，开始新的旅程，带着充满活力的身体和清晰的头脑，用心去感受生活的美好。

> **采菊东篱下，悠然见南山。**
>
> ——晋·陶渊明《饮酒·其五》

【赏析】

在东边的篱笆下，我自由自在地采摘着菊花，偶一抬头，远处的山峰在云雾中若隐若现，我欣赏着眼前的美景，感到无比舒适和宁静。

【人生感悟】

我深信，生命中的每一个当下都值得珍惜和把握。学会感受生命的韵律和流动，把每一个当下都变成生命中最宝贵的财富。

此地有崇山峻岭，茂林修竹；又有清流激湍，映带左右。

——晋·王羲之《兰亭集序》

【赏析】

这里有着高大险峻的山岭，层峦叠嶂，树木茂密，竹林修长。又有清澈湍急的溪流从山间流淌而下，水声潺潺，环绕在旁边，形成了优美的水景。

【人生感悟】

这个世界上，有那么多美好的地方，我们要学会欣赏生活中的美好和幸福，用心去感受大自然的鬼斧神工和生命的韵律。在快节奏的生活中，给自己留一片宁静的空间，让心灵得到滋养和成长。

我见青山多妩媚，料青山见我应如是。

——宋·辛弃疾《贺新郎·甚矣吾衰矣》

【赏析】

我站在青山之巅，欣赏着这如画的景色，妩媚多姿，我想，在青山的眼中，我也应该同样具有魅力吧。

【人生感悟】

站在青山之巅，我明白人生的美好不仅仅在于外在的物质和风景，更在于内心的感受、与自然的和谐。我愿意保持一颗感恩之心，去感受大自然的馈赠，同时也用真挚的情感去回应它。

> 有三秋桂子，十里荷花。
>
> ——宋·柳永《望海潮·东南形胜》

**【赏析】**

金秋时节，天高云淡，桂花盛开，香气扑鼻。夏季荷塘里的荷花竞相开放，红白相间，婀娜多姿，美不胜收。

**【人生感悟】**

面对这些美景，我不禁要问自己：是否能够像桂花一样，对生活充满热情和期待；是否能够像荷花一样，保持纯洁和坚韧的品质。在这个时刻，让我们汲取大自然的能量，让自己变得更加美好和坚强。

> 山中何事，松花酿酒，春水煎茶。
>
> ——元·张可久《人月圆·山中书事》

**【赏析】**

我想着山中的胜事，心中充满了宁静和向往。在山间，我看到了翠绿的松树，闻到了清新的花香，听到了鸟儿的歌唱。我用山间的松花酿成了美酒，用春天的泉水煮了香茶，享受着大自然的馈赠。

**【人生感悟】**

生活中，不要总是追求那些浮华和繁杂的事物，抽出一些时间，去寻找那些简单而又纯粹的美好，去感受生命的美好和大自然的恩赐，让它们洗涤我们的心灵，让我们变得更加平静和满足。

呦呦鹿鸣，食野之苹。我有嘉宾，鼓瑟吹笙。

——先秦·佚名《诗经·鹿鸣》

**【赏析】**

野鹿在草原上欢叫着，尽情地啃食艾蒿。有贵客临门，我热情地奏起琴瑟，吹起笙箫，用最真挚的欢迎和热情招待他们。

**【人生感悟】**

和老友相聚的欢乐时光，让我们仿佛回到了纯真的时代。在这个瞬间，我们放下了繁忙的工作和生活压力，让快乐和温馨溢满了心间。或许我们不再年轻，但内心的童真和热爱生活的热情永远不会消失。即使生活中遇到挫折，我们也可以从中汲取力量，发现身边的美好与温馨。我们的生活将会变得充满乐趣和更加幸福。

行到水穷处，坐看云起时。

——唐·王维《终南别业》

**【赏析】**

漫步到水穷之处，我感到心灵的宁静与自在，周围的一切都变得那么和谐与自然。我停下脚步，坐下来，仰望着天空中飘浮的云彩，它们自由自在地在天空中舞动。

**【人生感悟】**

抱着轻松愉快的心态去面对生活，享受每一个美好的瞬间，即使遇到挫折和困难，我们也可以用幽默的态度来化解，让生活变得充满欢乐和惊喜。

宠辱不惊，闲看庭前花开花落；去留无意，漫随天外云卷云舒。

——明·陈继儒《小窗幽记》

【赏析】

不在意荣辱，悠闲地欣赏花开花落；无意去管晋升或是贬职，只是随意地看着浮云时而聚集时而散开。

【人生感悟】

不以物喜不以己悲，保持内心的恬淡与从容，一切顺其自然，又何尝不是一种豁达与乐观？

琴里知闻唯渌水，茶中故旧是蒙山。

——唐·白居易《琴茶》

【赏析】

琴声悠扬，《渌水》曲是我故乡的曲调，听到它，我仿佛又回到了那片熟悉的土地。茶香扑鼻，蒙山茶是我故乡的特产，它的味道深深地印在了我的记忆中。

【人生感悟】

生活在快节奏的现代社会中，经常会感到疲惫不堪，甚至迷失自我。其实，生活的美好往往就在我们身边，只要我们用心去发现，就能找到那份宁静与自在。

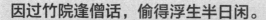

因过竹院逢僧话，偷得浮生半日闲。

——唐·李涉《题鹤林寺僧舍》

**【赏析】**

经过竹林寺院时，幸运地遇到了一位僧人，他正在诵经，我礼貌地与他打招呼，并开始与他攀谈。谈论使我非常愉快，因此感受到了浮生难得的清闲。

**【人生感悟】**

在平凡的日子里，我们常常忽略了生活的美好，有时候，一次简单的交谈、一次心灵的触碰，就能找回那份久违的宁静与平和，触摸到难得的清闲与智慧。

**日长睡起无情思，闲看儿童捉柳花。**

——宋·杨万里《闲居初夏午睡起·其一》

【赏析】

夏天日子长，睡觉醒来，心中没有丝毫的情绪。闲暇之余，我静静地观看一群孩子嬉戏玩耍，他们正在追逐着柳树下的花絮，如同在捕捉夏日的美好。

【人生感悟】

平凡的日常中也蕴含着美好，只是我们往往忙于琐事，无暇去发现和感受。放慢脚步，用心去感受身边的点滴美好，让自己的内心充满感激和喜悦。

**江头日暖花又开，江东行客心悠哉。**

——唐·罗隐《曲江春感》

【赏析】

春日的阳光温煦地洒向大地，花儿在微风中绽开了笑脸，江南的游人内心十分悠闲自在。

【人生感悟】

徜徉在春意盎然的环境里，心也渐渐从容、平和起来。心儿悠然，无论何时都是晴天；心儿安闲，无论何地都能过得舒适。

悔恨惆怅

梦断香消四十年,沈园柳老不吹绵。

——宋·陆游《沈园二首·其二》

【赏析】

四十年过去了,我心中的唐婉已经去世,沈园的柳树也已经老去,不再飘柳絮。我只能在梦中回忆起那些美好的时光,而现实中的沈园已经变得冷清而寂寥。

【人生感悟】

珍惜那些美好的回忆,把它们化作我们人生的动力。学会面对现实的残酷,但不要忘记我们曾经拥有的美好。无论岁月如何流逝,我们的爱情永远不会消失。用心灵的力量,让那些美好的时光在我们的人生中永远闪耀。

花开堪折直须折，莫待无花空折枝。

——唐·杜秋娘《金缕衣》

【赏析】

当看到鲜艳的花朵绽放时，要把握住这个美好的时刻，立即去摘取它，不要等到花朵已经凋谢成为空枝才后悔莫及。因为一旦它开始凋谢，就再也没有当初的那份美丽和香气。

【人生感悟】

生命是短暂的，在人生中，我们会遇到很多美好的时刻，比如心仪的人、好的机遇等。这些时刻都是人生中非常重要的一部分，我们应该勇敢地抓住它们，不要等到一切都错过了才感到后悔。

忆得旧时携手处，如今水远山长。罗巾浥泪别残妆。

——宋·辛弃疾《临江仙》

【赏析】

还记得我们曾经牵手同游的地方，如今山高水长，每每想起眼泪总是哭花了红妆。

【人生感悟】

人生若能像初见时那样单纯，没有世俗的烦恼和忧虑，该有多么美好。即使我们无法回到从前，仍然可以把握当下，勇敢地面对困难和挑战，用勇气和决心去追求自己的梦想和目标。人生不可能总是一帆风顺，但正是这些挫折和磨难，让我们变得更加成熟和坚强。用乐观的心态去面对未来的挑战，让我们成为更加坚强、自信和充实的人。

**天长地久有时尽，此恨绵绵无绝期。**

——唐·白居易《长恨歌》

【赏析】

即便长久如天地，也会随着时间的流转而消逝。而心中的遗憾和怨恨，缠缠绵绵，却永远没有停止的那一天。

【人生感悟】

从古至今，爱情里总是充满了不确定性，有时我们会因为不能相守一生而遗憾，但这种遗憾也给爱情增添一抹凄美的色彩，不是吗?

**回头万里，故人长绝。易水萧萧西风冷，满座衣冠似雪。**

——宋·辛弃疾《贺新郎·别茂嘉十二弟》

【赏析】

回头望去，那路途万里之遥，我的故人已经离去，使我感到了无尽的悲伤和孤独。当年荆轲也曾冒着萧瑟的秋风，在寒冷的易水河畔慷慨高歌。满座的人都穿上了洁白的衣裳，就像大雪覆盖了整个大地，一片凄凉的景象。

【人生感悟】

每个人都有自己的人生路要走，有些人的出现只是暂时的，但是他们在我们生命中留下的印记却是永恒的。我们要学会珍惜和感恩每一次与他人相处的时光，因为这些时光都是我们人生中最宝贵的财富。

> **春未绿，鬓先丝。人间别久不成悲。**
>
> ——宋·姜夔《鹧鸪天·元夕有所梦》

**【赏析】**

春天还未到来，我的鬓角已经出现了丝丝白发。在这漫长的人生中，离别的痛苦似乎已经被时间消磨殆尽。

**【人生感悟】**

在漫长的人生旅途中，离别虽然是痛苦的，但时间也会让我们变得更加坚强和成熟。不能让过去的痛苦一直困扰我们，而是要学

会放下，向前看，看到生命中的绿色和希望。

人成各，今非昨，病魂常似秋千索。

——宋·唐琬《钗头凤·世情薄》

【赏析】

如今我们各自都有了自己的生活，你不再是那个熟悉的你，而我却依然停在原地，病弱的灵魂像秋千上的链子一样，摇摆不定。

【人生感悟】

今天虽然不同于昨天，但是我们不能忘记自己的初心，不管遇到多少困难和挫折，都不能停止探索和追求。每一次经历都是一次洗礼和成长，能让我们更加坚强和成熟，积极地面对挑战和机会。

无可奈何花落去，似曾相识燕归来。

——宋·晏殊《浣溪沙·一曲新词酒一杯》

【赏析】

花瓣纷纷落下，春天即将过去，让人感到无可奈何。燕子又飞回来了，这场景让人觉得十分熟悉。

【人生感悟】

生命中的每一个阶段都有开始和结束，我们无法抗拒。但是无论我们身处何方，都可以找到属于自己的那片天空。只要不放弃，不怕困难，勇敢前行，就一定能够迎接新的开始，走向更加美好的未来。

> **嫦娥应悔偷灵药，碧海青天夜夜心。**
>
> ——唐·李商隐《嫦娥》

**【赏析】**

月宫的嫦娥恐怕每天都在后悔偷了后羿的长生灵药，因为现在她只能独自一人留在月宫中，当夜幕降临时，她只能望着碧海青天，陪伴她的是孤独和无尽的思念。

**【人生感悟】**

在生活中，我们有时候会做出错误的决定，令自己后悔。但是，我们不能一直沉浸在后悔中，而是要学会面对现实，关注现在和未来，制订切实可行的计划，让自己走出困境，迎接新的生活。

> **忽见陌头杨柳色，悔教夫婿觅封侯。**
>
> ——唐·王昌龄《闺怨》

**【赏析】**

在路上看到杨柳发出新芽，生机勃勃，我猛然醒悟，已经到了春季。如果不能和夫婿团聚，即使授官封爵又有什么意义呢？

**【人生感悟】**

生活中真正的幸福和满足不是来自物质的满足，而是来自情感的满足和家庭的和睦。我们应该学会欣赏生活中的美好，珍惜身边的人和事，才能真正感受到生活的幸福和满足。

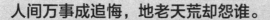

人间万事成追悔，地老天荒却怨谁。

——清·俞明震《重至金陵故居吊刘姬》

【赏析】

人间发生的事情有很多都让人感到后悔和无奈，地老天荒也无法回到过去，只能面对现实。

【人生感悟】

面对过去的选择和现实的不完美，我们要学会接受现实，从中吸取经验和教训。

在人生的道路上，不要沉湎于过去的悔恨和不满，要勇敢地面对现实，积极向前，不断成为更好的自己。

# 励志篇

凌云壮志

长风破浪会有时，直挂云帆济沧海。

——唐·李白《行路难·其一》

【赏析】

我相信，总会有那么一天的，那时我能乘着长风破万里浪，将云帆高高挂起，在茫茫大海中勇往直前！

【人生感悟】

你是否会因为工作中的失败而感到悲伤？你是否会因为感情上的失利而感到迷茫？你是否会因为家庭失和而感到彷徨？但是，请勇敢振作起来吧，就像雨不会一直下一样，就像雪不会一直飘一样，就像乌云不会一直密布一样，没有人会一直失败。失败只是暂时的，失败之后往往是更美好的成功。

**仰天大笑出门去，我辈岂是蓬蒿人。**

——唐·李白《南陵别儿童入京》

**【赏析】**

我高昂着头颅，大声笑着走出门去，我怎么会是那种甘愿长期身处草莽之人呢？

**【人生感悟】**

失败的人怨天尤人，成功的人自我反省。其实，没有什么运气好不好，那些说着自己运气好的人，往往背后都付出了你想象不到的努力。迎难而上则昌，半途而废则亡。只有经过努力奋斗了，才有资格说命运对自己格外偏爱，不经历奋斗的人没有资格说命运待自己不公。

**野夫怒见不平处，磨损胸中万古刀。**

——唐·刘叉《偶书》

**【赏析】**

我看到这世间有太多不平的事情了，心中充满着愤怒。很想每个人每件事都去抨击，但实在是心有余而力不足，于是只能用胸中的"刀"与它们抗争。逐渐地，我发现不平事多得都把我那把"刀"磨损了。

**【人生感悟】**

开弓没有回头箭，如果你已经做出了自己的选择，那么请不要后悔，大步向前走吧。不论遇到什么困难都不要退缩，也不要问这条路需要走多久，因为这些都取决于你自己。

会挽雕弓如满月，西北望，射天狼。

——宋·苏轼《江城子·密州出猎》

【赏析】

我将手中的弓箭拉成圆月一般，瞄准西北方，射向西夏军队。

【人生感悟】

不经历风雨，怎么能看到彩虹呢？阳光总在风雨后，不要害怕失败，因为那是你成长的证明。当你感觉到很累的时候就说明你离成功越来越近了，因为只有在上坡的时候才需要踩油门，而在下坡的时候只需要让车顺着下滑就行了。

醉里挑灯看剑，梦回吹角连营。八百里分麾下炙，五十弦翻塞外声，沙场秋点兵。

——宋·辛弃疾《破阵子·为陈同甫赋壮词以寄之》

【赏析】

今夜，我在醉意蒙眬中挑亮灯油，看着宝剑，仿佛在梦中回到了当年的营垒中，那些营垒中接连传出号角声。我将烤好的肉分发给士兵们，让乐队演奏着来自塞外的音乐，啊，那是秋天在战场上阅兵时的景象啊！

【人生感悟】

当你有能力坦荡地面对遇到的问题，而不是一味地想着去逃避的时候，那么恭喜你，你成长了。因为当你直面问题的时候，你的心中其实已经想到了如何去解决它，而与之相对应的，这个问题也会慢慢地在你的引导下变好，变成你的助力而非阻力。

壮志饥餐胡虏肉，笑谈渴饮匈奴血。

——宋·岳飞《满江红》

**【赏析】**

我满怀壮志，想要驾着战车扫平敌人，饿了就吃敌人的肉，和兄弟们谈笑时渴了就喝敌人的鲜血。

**【人生感悟】**

在现实生活中，我们也应该培养英勇无畏和豪情万丈的精神，以坚定的信念和决心面对生活中的挑战和困难。这种精神可以帮助我们克服生活中的种种困难，实现自己的梦想和目标。

人生自古谁无死？留取丹心照汗青。

——宋·文天祥《过零丁洋》

**【赏析】**

人这一生最终都免不了一死，但我要留着那一颗赤诚的爱国之心照亮史册。

**【人生感悟】**

无论身处何时、何地，死亡都是我们无法逃避的命运。既然死亡无法避免，那就让自己创造价值，融入历史的长河中。

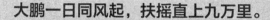

大鹏一日同风起，扶摇直上九万里。

——唐·李白《上李邕》

**【赏析】**

大鹏鸟总有一天会乘风直冲云霄，飞入九天云外。

**【人生感悟】**

在追梦的路上，也许我们会遇到许多困难和挫折，但是只要我们努力奋斗，坚定信念，积累力量，把握时机，终会迎来腾飞的那一刻，实现自己的理想。

明敕星驰封宝剑，辞君一夜取楼兰。

——唐·王昌龄《从军行七首》

**【赏析】**

拿着皇上御赐的宝剑，将军立即辞君领兵杀敌，将军和士兵们士气高涨，一鼓作气攻下了敌人的城池。

**【人生感悟】**

在遇到困难和危险时，英勇无畏的人会站出来，迎难而上，敢于担当。这种无所畏惧的品质，是人们在克服困难、实现目标过程中不可或缺的力量。

**励志奋斗**

江东子弟多才俊，卷土重来未可知。

——唐·杜牧《题乌江亭》

【赏析】

那可是西楚的霸王啊！江东地区的青年才俊数不胜数，若是重整旗鼓杀回去，楚汉相争谁输谁赢可就不一定了。

【人生感悟】

我们总想着追寻刚刚好的事情，比如工资刚刚好，家庭刚刚好，事业刚刚好，但生活中哪有这么多刚刚好，更多的是不如意。努力不一定成功，但不代表不该去努力，因为努力的过程就是成长的过程，就是我们尽自己所能争取刚刚好甚至更好的过程。

**天生我材必有用，千金散尽还复来。**

——唐·李白《将进酒》

**【赏析】**

每个人都有自己存在的意义和价值，就算是将黄金都花完，终有一天它还是会回来的。

**【人生感悟】**

人生的旅途中，总会伴随着很多伤痕，但这些伤疤和走过的弯路，并不是污点。相反的，它们是我们的勋章，是我们成长的证明，所以请直视它们吧，带着这些教会你成长的导师努力向前吧。

**不经一番寒彻骨，怎得梅花扑鼻香。**

——唐·黄檗禅师《上堂开示颂》

**【赏析】**

梅花在寒冷的冬日盛放，不经历一番深入骨髓的寒冷，如何能闻到梅花扑鼻的香味呢？

**【人生感悟】**

有时候我们会感觉自己明明准备好了，为什么机会还是没有降临到头上呢？为什么别人看起来毫无准备，但是仍然能够得到命运的垂青呢？其实，你不用羡慕任何人，因为任何让人羡慕的成就背后，都有着不为人知的辛酸与艰辛。同时也不用抱怨没有机会，时刻准备着吧，老天不会辜负任何一个努力的人。说不定下一秒机会就来了呢？

路漫漫其修远兮，吾将上下而求索。

——战国·屈原《离骚》

【赏析】

人生的道路啊，分外漫长，而且往往路上会有许多障碍，我将不断地去探索，勇敢地去追寻自己的梦想。

【人生感悟】

成年人的崩溃往往就在一瞬间，但不必因为自己没有承受住压力而难受。每个人都不可能是完美的，有压力是正常的，因为我们都在负重前行，但我们要做的不是崩溃后一蹶不振，而是应该在哭完后勇敢地站起来，直面生活的难题。这才是成长的表现，这才是奋斗的目的。

粉骨碎身浑不怕，要留清白在人间。

——明·于谦《咏石灰》

【赏析】

而今的形势，就算是粉身碎骨，我也全然不怕。我只希望将自己的清白留在这人世间。

【人生感悟】

一个人必须坚守操守，无论面对多大的压力和困境都不能出卖自己。即使万劫不复，也要保持良心与清白，把高尚的气节留在人世间。

> **苔花如米小，也学牡丹开。**
>
> ——清·袁枚《苔》

**【赏析】**

春日到来，那些生长在不起眼角落的翠绿苔藓也萌生出了顽强的生命力，那小如米粒的苔藓花，凭借着坚强的活力，也想要如同高贵的牡丹一般绽放出属于自己的光彩。

**【人生感悟】**

在生活中，每个人都会遇到困难，难免一时灰心失落。但不要忘记，强者一定不会停止前行，他们会在一次次失败中寻找力量，然后继续追求梦想。苔藓花虽然小，也要像牡丹花一样抬起头，泰然处之，勇敢开放。

千磨万击还坚劲，任尔东西南北风。

——清·郑板桥《竹石》

【赏析】

数千次数万次的磨砺，刀割般地打在竹子的身上，它浑身的筋骨仍然像以前那样坚韧，任凭刮来的是东风西风南风还是北风，它都岿然不动。

【人生感悟】

做事要有执着的精神。都说万事开头难，其实成事的过程和最后的结果也都来之不易，因为那需要你有坚韧不拔的意志和不懈努力的精神。秉持正确的方向，保持一颗初心，抵御外界的流言蜚语，那么成功就在不远处。

壮志未酬

君看赤壁终陈迹，生子何须似仲谋！

——宋·陆游《黄州》

【赏析】

你看当年三国争战的赤壁，早就成为陈迹，如今男儿不能建功立业，又何必效仿孙权呢！

【人生感悟】

所有的顺境和逆境都将成为生活路上的垫脚石，所以，奋斗不息，希望才会不止。

出师未捷身先死，长使英雄泪满襟。

——唐·杜甫《蜀相》

【赏析】

可惜您出师征战还未胜利，就病死在了军中，每想到此事，后世英雄们常常感慨流泪。

【人生感悟】

凡事得到是偶然的，失去是必然的。有失才有得，世间因果循环，何必苦恼当时的结果呢？

王师北定中原日，家祭无忘告乃翁。

——宋·陆游《示儿》

【赏析】

当大宋军队收复了中原失地的那一天，你们举行家祭时，千万不要忘了告诉我。

【人生感悟】

信念是人类最强大的朋友，念念不忘，必有回响。

此生谁料，心在天山，身老沧洲。

——宋·陆游《诉衷情·当年万里觅封侯》

【赏析】

谁曾料想我这一生，原本一心想在保家卫国的前线，而今却只能老死在家乡。

【人生感悟】

人生就是一场电影，你猜得到开始，却猜不到最后的结局。

大道如青天，我独不得出。

——唐·李白《行路难三首》

【赏析】

人生道路如此宽广，却只有我没有出路。

【人生感悟】

鲁迅在《故乡》中说："地上本没有路，走的人多了，也便成了路。"当你的路走不通时，不妨换个方向，重新开始。

塞上长城空自许，镜中衰鬓已先斑。

——宋·陆游《书愤》

【赏析】

我曾以守边将领自许，希望能报效国家。到如今头发白了，人也老了，曾经的愿望都成了空想。

【人生感悟】

人有梦是好事，但世事难料，偏偏无法强求。只要真正努力过，就不该后悔。

---

**一生事业总成空，半世功名在梦中。**

——明·袁崇焕《临刑口占》

---

【赏析】

我这一生的事业到最后都成了一场空，好像大半辈子在梦里建下了功名一般。

【人生感悟】

有的时候，付出不一定能够得到回报。但假如事事都计较回报，生活也挺无趣的。

---

**无限山河泪，谁言天地宽。**

——明·夏完淳《别云间》

---

【赏析】

山河破碎，感伤的泪水不断流下，国土沦丧，谁还能说这天地宽广？

【人生感悟】

你所认为的岁月静好，不过是有人已经替你负重前行。

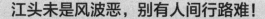

## 江头未是风波恶，别有人间行路难！

——宋·辛弃疾《鹧鸪天·送人》

**【赏析】**

江上风浪汹涌，但未必是最险恶的，唯有人生的道路才最为艰难。

**【人生感悟】**

路再难，最怕自己投降；天再黑，最怕自己没有胆量。别管前路是布满荆棘，还是玫瑰芬芳，路要大胆走，梦要勇敢闯。

## 惆怅孙吴事，归来独闭门。

——唐·高适《蓟中作》

**【赏析】**

有孙吴般的才华却无处施展，归来后只好闭门独自惆怅。

**【人生感悟】**

是金子早晚都会发光的，当遇到低谷时，要学会养精蓄锐，储备能量，更要时刻做好蓄势待发的准备。

节 日 篇

爆竹声中一岁除，春风送暖入屠苏。千门万户曈曈日，总把新桃换旧符。

——宋·王安石《元日》

【赏析】

在爆竹声中旧的一年已经过去，春日的清风带来暖意，举杯开怀畅饮屠苏酒，初升的太阳挥洒下光芒，照耀着千家万户，大家都把旧的桃符取下来换上新的桃符。

【人生感悟】

春节，一个辞旧迎新的节日，一个被寒冷裹挟却依然红火热闹的节日，每个人的内心都充盈着满满的幸福感。捧一捧新春的白雪吧，冬日的花园将不再萧瑟，人们迎着春节的气息送来美好的祝福，相信一定会在新的一年收获新的美好。

**笙歌间错华筵启。喜新春新岁。**

——宋·赵长卿《探春令·笙歌间错华筵启》

【赏析】

新春时节，宴席大开，乐手们吹奏着美妙的乐曲，大家都开心地迎接着新年。

【人生感悟】

新春佳节，我们不仅要享受宴席上的欢乐，还要学会珍惜与家人、朋友团聚的时光。让我们在这美好的时刻，共同迎接新年的到来，对未来的生活充满信心和期待。

**半盏屠苏犹未举，灯前小草写桃符。**

——宋·陆游《除夜雪》

【赏析】

盛着半盏屠苏酒的酒杯还未被举起庆贺新年，我便忙着在微弱的烛光下用草书赶制桃符。

【人生感悟】

世界上任何事物都不是永恒不变的，所有东西都会随着时间的流逝悄然改变，它会变成皱纹，慢慢爬上母亲的眼角；它会随着身高，慢慢伴着幼儿的成长；它会随着冬雪，悄悄落入故乡的土地……珍惜当下吧，在这春节时分，阖家团聚的时刻，珍惜彼此的相聚时光。

> **有人添烛西窗，不眠侵晓，笑声转、新年莺语。**
>
> ——宋·吴文英《祝英台近·除夜立春》

【赏析】

窗下，有人为油灯添上了新油，点亮了新年守岁的灯火，人们一晚上都没有睡觉，在欢声笑语中共同庆贺新年的到来。

【人生感悟】

新年是告别寒冬迎接新春的最大仪式，在这一段红红火火的时光里，大街上张灯结彩，热闹非凡。大家欢声笑语，播撒祝福。祝你快乐，不只新年。

> **谁向椒盘簪彩胜？整整韶华，争上春风鬓。**
>
> ——宋·辛弃疾《蝶恋花·戊申元日立春席间作》

【赏析】

在新的一年来临之际，正处于最美好年华的年轻人，争先恐后地从椒盘中取出春幡插在两鬓之上装点自己，春风吹拂着发梢，摇动着他们鬓间的幡胜，十分好看。

【人生感悟】

春节时各色的食物都承载着美好的祝愿，祝愿大家能够时时团圆，日日欣喜，如意健康，快乐悠闲。

人歌小岁酒，花舞大唐春。

——唐·卢照邻《元日述怀》

【赏析】

今日正逢春节，人们高歌欢庆，举杯畅饮，共同庆贺元日的到来，就连早开的鲜花也起舞庆贺着春日大唐。

【人生感悟】

每一个人，都会有属于自己的冰川，难过的时候，冰川传来的寒意冰冷刺骨，如果无法自救，那就请抬头看看吧，让春节的万家灯火照亮你，让家家户户团圆喜庆的烛火融化困住你的冰川。

扫除茅舍涤尘嚣，一炷清香拜九霄。

——宋·戴复古《除夜》

【赏析】

旧岁已去，新年伊始，人们开始打扫自己的屋舍，将昨日的尘埃通通除去，点燃一炷清香，祭拜天地，祈求着今年风调雨顺。

【人生感悟】

在新的一年，我们要甩掉过往的烦恼，要珍惜每一个美好的时光，把握住机遇，用全新的面貌迎接新的挑战，迎接新的开始，努力实现自己的目标。

多彩元宵

接汉疑星落，依楼似月悬。

——唐·卢照邻《十五夜观灯》

【赏析】

连接着天河的烟火好像是星星自天边坠落下来一般，倚靠着高楼的灯光也如同月亮悬挂在空中一样。

【人生感悟】

元宵，一如圆宵，圆的是未竟的心愿，圆的是不平的遗憾，多么美好的寓意啊。古人是浪漫的，他们懂得用最质朴的语言来表达最真挚的情感，正如父母，一句句的唠叨饱含着母亲的不舍，一声声的平安映照着父亲的关怀。

凤箫声动，玉壶光转，一夜鱼龙舞。

——宋·辛弃疾《青玉案·元夕》

【赏析】

绵长的箫声还在夜空中四处回响，如同玉壶一般的明月逐渐转向西边，一夜之间鱼龙灯飞舞，嬉笑喧闹声此起彼伏。

【人生感悟】

人们在这欢乐的海洋中，享受着节日的喜庆和热闹。这就是元宵节的魅力，它带给人们欢乐和希望，让人们相信未来会更加美好。

元宵佳节，融和天气，次第岂无风雨。

——宋·李清照《永遇乐·落日熔金》

**【赏析】**

在这欢庆元宵的日子里，天气十分和暖，可是谁能预料到一会儿有没有风雨出现呢？

**【人生感悟】**

有风有雨是人生的常态，而风雨无阻，则是一种积极向上的心态。无论天气如何，我们都要保持乐观的心态，与家人、朋友共度每一段美好的时光。

> 五更钟动笙歌散，十里月明灯火稀。
>
> ——宋·贺铸《思越人·紫府东风放夜时》

**【赏析】**

五更的钟声已经响起，笙歌乐舞也已经尽然散去，皎洁的月光照亮千家万户，但街道上的灯火已经稀疏了。

**【人生感悟】**

生活中的每一个瞬间都是宝贵的，无论是失落还是喜悦，都是我们成长的一部分。当夜幕降临，灯火阑珊时，我们还可以回忆白天的欢快时光，期待新的一天、新的希望。

> 月色灯山满帝都，香车宝盖隘通衢。身闲不睹中兴盛，羞逐乡人赛紫姑。
>
> ——唐·李商隐《观灯乐行》

**【赏析】**

帝都的夜，月色温柔如水，花灯似山，华贵的马车堵塞了宽敞的大道。我正值闲暇之时却无缘观看盛世的元宵节的繁盛景象，只能带着羞愧之心与老乡一同去观看迎接紫姑神的庙会。

**【人生感悟】**

生活的美好不在于表面的热闹和繁华，而在于我们内心的感受和体验。无论环境如何变化、岁月如何流转，只要我们心中充满爱和希望，美好就会如影随形。

> **故园今夕是元宵，独向蛮村坐寂寥。**
>
> ——明·王守仁《元夕二首》

**【赏析】**

今天正好是元宵节，但我却孤独地坐在荒村，不禁心生孤寂冷清之感。

**【人生感悟】**

有时会觉得身边越是热闹，自己越发孤独。然而，孤独并不一定是坏事，当我们独处时可以静下心来去思考自己的生活、人生目标，从而获得启发。

> **听元宵，往岁喧哗，歌也千家，舞也千家。听元宵，今岁嗟呀，愁也千家，怨也千家。**
>
> ——明·王磐《古蟾宫·元宵》

**【赏析】**

听啊，元宵节的声音，去年还是喧哗吵闹的，家家户户都在唱歌跳舞。令人感叹的是今年的元宵节十分安静，家家户户都分外忧愁。

**【人生感悟】**

旧时的节日总是载歌载舞，充满了欢声笑语。但随着生活节奏逐渐变快，人们被堆积如山的工作逐渐麻痹了内心，节日气氛也越来越淡，心中的归属感也越来越淡。所以啊，在日复一日的机械运转之中，你也要注意别淡忘了节日，别淡忘了属于中国人的独特浪漫。

> 箫鼓喧，人影参差，满路飘香麝。
>
> ——宋·周邦彦《解语花·上元》

**【赏析】**

大街小巷箫鼓喧腾，可谓人山人海，道路上传来幽香阵阵，热闹非凡。

**【人生感悟】**

在这热闹的氛围中，人们感受到了新春的气息，也感受到了生活的美好。让我们把这份欢乐和美好传递给更多的人，让整个世界都充满欢笑和祝福。

热闹端午

小扇引微凉，悠悠夏日长。

——清·顾太清《菩萨蛮·端午日咏盆中菊》

【赏析】

微微扇动的扇子带来了丝丝缕缕的凉气，夏日悠然又漫长。

【人生感悟】

人间不过三两事，夏日亦有好风光。在繁忙、枯燥的生活之余，静下心来，去感受夏天，哪怕只是静静地听着风声，也能收获诗意的生活。

海榴花发应相笑，无酒渊明亦独醒。

——元·贝琼《己酉端午》

【赏析】

石榴花树在汨罗江边盛放，似乎正在笑话我一般，它们好像在对我说：这你也烦恼吗？而我只好自嘲般地回应道：其实，就算陶渊明不喝酒，也一样会仰慕屈大夫的清醒啊。

【人生感悟】

成年人的生活是孤独的。随着人的成长，当你把满腔委屈倾诉给你认为很亲密的人时，他们大多数并不能真正与你共情，因为成年人的世界也是忙碌的，所以你能做的就是把委屈和痛苦藏在心里，自己一点点变得强大。

少年佳节倍多情，老去谁知感慨生。

——唐·殷尧藩《端午日》

【赏析】

年轻的时候，每逢佳节时分，总是平白无故地生出许多情绪，而现在人已慢慢老去，谁还有心思平白无故地去感慨万千呢？

【人生感悟】

网络上流传着这样一句话："人生无常，大肠包小肠。"看似搞笑，何尝不是一种看清世事的自我解嘲？人生确实无常，你永远不知道明天和意外哪个先来，所以能做的就是享受当下，充实地过好每一天。当你回首时，发现之前的每一天都没有遗憾，这才算真正地活过一遭。

**日斜吾事毕，一笑向杯盘。**

——宋·陆游《乙卯重五诗》

**【赏析】**

忙完一天的活计的时候，家人们已经将酒菜都准备妥帖，就等着他入座。而他见此情景，放下工具后就笑着入座，举起酒杯喝起酒来。

**【人生感悟】**

节日往往伴随着喜庆的氛围，如欢快的音乐、丰盛的食物、精彩的表演等。在这欢愉的氛围中，人们往往会向亲朋好友表达祝福，传递关爱。而这些美好的情感体验，也让我们获得了幸福和快乐。

**沈湘人去已远，劝君休对酒，感时怀古。**

——宋·杨无咎《齐天乐·端午》

**【赏析】**

沉入湘江的人早已经远去多时，我想要好心地劝解您一句，不要再举着酒杯，感慨古今时事啦。

**【人生感悟】**

人生如戏，但纵使这个舞台再闪亮，你若是不登场，便永远都只是台下人。所以，如果想要获得成功，就要勇敢去追寻自己的梦想，而不是在台下独自哀叹。

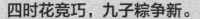

**四时花竞巧，九子粽争新。**

——唐·李隆基《端午三殿宴群臣探得神字》

【赏析】

端午佳节到来，各式各样的花卉都争相开放，粽子各式各样，似乎在争夺谁是更新颖的那一种。

【人生感悟】

粽子、饺子等不仅是日常生活中的美食，更承载着丰富的历史、文化和情感内涵。在享用这些美食的过程中，我们不仅能够深刻地理解传统文化，还能感受到节日传统文化所蕴含的人情味和历史沉淀。

**莫唱江南古调，怨抑难招，楚江沉魄。**

——宋·吴文英《澡兰香·淮安重午》

【赏析】

请您不要再唱属于江南的古时曲调了，就算曲调充满哀伤和愁绪，又怎么能真正安慰屈大夫的冤魂呢？

【人生感悟】

时间是个捉摸不透的东西，它会让一段刻骨铭心的感情渐渐变得淡薄，会让锥心刺骨的痛苦逐渐变得麻木，当然也会让我们看清谁才是真正的英雄。

浪漫七夕

银烛秋光冷画屏，轻罗小扇扑流萤。天阶夜色凉如水，
卧看牵牛织女星。

——唐·杜牧《秋夕》

**【赏析】**

秋天的夜晚，银色的烛光发出微弱的光芒，为那画屏增添了几分
清冷之感，一位宫女手中拿着绫罗小扇，轻轻地扑打着那飞舞的萤火
虫。宫殿台阶的夜色凉得好似水一般，静坐着望天上的牵牛织女星。

**【人生感悟】**

天上的牛郎和织女都在七夕相会，而地上的有情人们也在借机
祈祷拥有一份忠贞不渝的爱情。其实真正幸福的爱情不需要言语，
只要心灵契合，爱意无声将胜有声。

星桥鹊驾，经年才见，想离情、别恨难穷。牵牛织女，
莫是离中。

——宋·李清照《行香子·七夕》

【赏析】

鹊桥和星河可能还未搭建完成，牛郎和织女一年才能相见一
次，细细想来肯定满是离愁别绪，难不成牛郎和织女如今仍在别离
之中？

【人生感悟】

每一次的相聚都是一种情感的交融，每一次的离别都充满了无
限的留恋和不舍。因此，我们需要学会在相聚的时候珍惜彼此，用
心聆听、用心沟通，让每一次的相聚都变得更加珍贵。

蛛丝度绣针，龙麝焚金鼎，庆人间七夕佳令。

——元·卢挚《沉醉东风·七夕》

【赏析】

妇女们用蜘蛛吐出的丝线穿过绣针来乞巧，金色的鼎中焚烧着
龙麝香，香味在空气中弥漫，人们都在庆贺七夕佳节。

【人生感悟】

当我们珍惜每一次团圆，享受每一次欢聚，执着地去追求理想
时，我们的生活也将变得更加美好而有意义。

**七夕景迢迢，相逢只一宵。**

——唐·清江《七夕》

**【赏析】**

七夕夜晚遥望团圆的牵牛织女星，可惜他们的相逢只有今天这一晚而已。

**【人生感悟】**

我们可以用对再次相聚的期待，化解别离的不舍。相信重逢的那一天，我们会更加成熟、更加珍惜彼此。这种期待让离别不再是一座难以逾越的鸿沟，而是连接彼此成长的桥梁。

鹿顶殿中逢七夕，遥瞻牛女列珍羞。

——明·朱有燉《元宫词（一百三首）》

【赏析】

我在鹿顶殿时正好赶上七夕，远远望去发现牛郎和织女都在准备珍馐美食。

【人生感悟】

正因为相聚的时光总是短暂而珍贵的，所以我们更要懂得感恩，懂得珍惜。让每次相聚都留下美好的回忆，成为我们生命中最宝贵的财富。

皇上怜其艰，七夕遣回往。

——宋·绍兴道人《赠阳大明》

【赏析】

皇上可怜他的艰苦，于是在七夕这天特意让他能够回家看看。

【人生感悟】

团圆是这世间最美好的词汇之一，在团圆的时刻，人们可以分享彼此的喜怒哀乐，一同交流、倾诉思念，感受无尽的温暖和欢乐。

一道鹊桥横渺渺，千声玉佩过玲玲。

——唐·徐凝《七夕》

【赏析】

又是一年七夕，一道由仙鹊在云端架起的桥梁横跨在茫茫银河之上，我听着织女的佩环叮咚作响，看着她缓缓地从桥梁的另一端走过来。

【人生感悟】

无论是在节日或特殊时刻，还是在日常生活中，只要大家欢聚在一起，都会让人体会到生活的美好和幸福的可贵。

> **故人一隔红云岛，相见银屏七夕前。**
>
> ——明·张师贤《次郭義仲韵柬玉山人》

【赏析】

老朋友生活在一水相隔的红云岛上，七夕的时候才能到银屏前相见。

【人生感悟】

用积极的态度和美好的祝愿来面对离别，能让我们更好地应对生活中的变迁，哪怕忧愁的离别也充满了轻快和期待。

中秋佳节

中秋夜月白如银，照见东西南北人。

——宋·白玉蟾《山歌三首·其一》

【赏析】

中秋夜的月光流泻而下，照亮了身在天涯的人。

【人生感悟】

纵使不能相见，但抬头仰望，头顶是同一轮圆月、同一片星空。虽不能拥抱，但若是我们思念彼此，那就抬头看看吧，想象另一人也在看着同一轮皎洁的明月，心中默默许下真挚的祝福。明月会为你送信，将思念传递给远方的人儿。

中庭地白树栖鸦，冷露无声湿桂花。

——唐·王建《十五夜望月》

【赏析】

中秋已至，月上梢头，皎洁的月光肆意地洒在庭院内，映照在地面上好似覆盖了一层白霜一般。秋露无声地打湿了院中桂花树上的桂花，就连树梢上往日吵闹的乌鸦也都止住了叫声，早早地就进入了梦乡。

【人生感悟】

抬头望着那一轮明月，心中思绪万千，月光清冷却又普照天下，它究竟是有情还是无情呢？

今夜月明人尽望，不知秋思落谁家？

——唐·王建《十五夜望月》

【赏析】

今夜皓月当空，人们都在欣赏圆月，却不知那浓郁的秋思之情又飘落谁家呢？

【人生感悟】

古往今来，中秋一直是团圆佳节，人们于明月中寄托相思，于夜色中放飞祈愿，希冀着阖家欢乐，祈盼着家和安康。异乡的旅人啊，都归家看看吧，看家中那如霜的月光，看院中被打湿的桂花树，还有那带着秋思盼游子归家的亲友！

闲吟秋景外，万事觉悠悠。此夜若无月，一年虚过秋。

——唐·司空图《中秋》

【赏析】

今日正巧闲暇，于是就在庭院内散着步，嘴中还轻哼着灵光乍现的诗句，但我总觉心中十分空虚，郁闷不已，心中惶恐不安。这样的夜晚，若是没有圆满的月亮，那么今年的秋天和虚度没什么两样了。

【人生感悟】

人们终此一生都在寻求圆满，可圆满只是一个美好的愿望罢了，也许只有留有遗憾，才能更懂得珍惜，才能体悟到人生的真谛吧！

人有悲欢离合，月有阴晴圆缺，此事古难全。

——宋·苏轼《水调歌头·明月几时有》

【赏析】

就像月亮有新月、满月这一阴晴圆缺的变换，人世间也并非一直都是欢喜相聚，也有悲伤离别的变迁，这种事情自古以来就难以两全。

【人生感悟】

放下心中的愤懑和不甘、苦楚和苦难，抬头去看看中秋节这轮玉盘似的满月，心中也就不觉得有什么遗憾了。

> 但愿人长久，千里共婵娟。
>
> ——宋·苏轼《水调歌头·明月几时有》

**【赏析】**

就算是相隔千里，也可以共享这美好的圆月。

**【人生感悟】**

月亮是我们心灵的纽带，连接着来自远方的爱与思念，让我们感到彼此的关怀和温暖。

> 青女素娥俱耐冷，月中霜里斗婵娟。
>
> ——唐·李商隐《霜月》

**【赏析】**

霜神青女和居住在广寒宫的嫦娥都不惧怕寒冷，在皎洁的月光中互相争执着谁更美丽，在如霜的月色里比一比谁的胭脂更红。

**【人生感悟】**

无论身处何地，无论发生何事，月亮都会永远定格在我们的心中，给予我们力量和慰藉。

> 叹十常八九，欲磨还缺。若得长圆如此夜，人情未必看承别。把从前、离恨总成欢，归时说。
>
> ——宋·辛弃疾《满江红·中秋寄远》

【赏析】

叹明月十之有八九会与人的意愿相悖，经常圆满时少、残缺时多，希望明月能经常如今夜般圆满。人情未必总是离别，还有相逢。我们可以将那悲伤的离别愁绪幻化为欢聚时光，等到人归来的时候再细细分说。

【人生感悟】

相聚离别都是人生常态，在面对分别时，我们可以将忧愁转化为对未来的期待和对重聚的热切盼望。而在期待重逢的过程中，我们也会更珍惜彼此的相聚时光。

> 月向人圆，月和人醉，月是承平旧。年年赏月，愿人如月长久。
>
> ——元·白朴《念奴娇·一轮月好》

【赏析】

月亮随着人的心意变得圆满，同时也和赏月的人一起逐渐有了醉意，月象征着持久太平。我们每年都要赏月，并且希望人们的情意可以如同月亮一样长久。

【人生感悟】

无论相隔多远，我们都能在月光下感受到彼此的存在，让我们的心灵得到抚慰。月亮是爱的象征，也是我们心灵的信使，它让我们的爱与思念得以永远传递。

遥知兄弟登高处，遍插茱萸少一人。

——唐·王维《九月九日忆山东兄弟》

**【赏析】**

旅居他乡的我想到我的兄弟们今日都登上了高处，身上插满了茱萸却唯独少了我一人。

**【人生感悟】**

农历九月，拥有"菊月"这一美好名字的月份，蕴含着一个美好的节日——九九重阳节。最美是重阳，重阳之美贵在一份游子思乡之情，异乡的游子们将大包小包的思念带回家乡，这份美，在与亲人的团聚中升华，映射出最质朴也是最诚挚的光芒。

尘世难逢开口笑，菊花须插满头归。

——唐·杜牧《九日齐山登高》

【赏析】

尘世纷纷扰扰，一生也难得开口一笑，等到菊花盛开的时日，需得插遍满头才回家。

【人生感悟】

遍地菊花洒金黄，满城烟火庆重阳。在菊花开满大街小巷之际，让我们举杯共饮，把酒话桑麻。让思念之情随着酒香飘入心中所念之人的心头吧，他会带着你的思念入梦，也许今夜或将在梦中相依。

强欲登高去，无人送酒来。

——唐·岑参《行军九日思长安故园》

【赏析】

勉勉强强地想要按照以往的习俗来登高饮酒，可惜的是再也没有像王弘一样的人帮我把酒送来了。

【人生感悟】

人逢佳节，喜悦的是可以与亲朋共赏，悲伤的是总有游子远在他方，无法团聚。

那便敬斜阳或月光一杯酒吧！托它们拂去远方友人的悲伤，带去我们真挚的祝福。

> **遥怜故园菊，应傍战场开。**
>
> ——唐·岑参《行军九日思长安故园》

**【赏析】**

可怜我那开在长安故园中的菊花，想来这时节应该正在残酷的战场旁边寂寞地开着吧！

**【人生感悟】**

重阳节不仅属于活着的人，更属于无数为家国牺牲的先烈，如今的国泰民安，是先人们的负重前行换来的。因此在这九九重阳之际，吾辈更应举杯敬先烈，他们值得我们永远铭记。

> **九月九日望乡台，他席他乡送客杯。**
>
> ——唐·王勃《蜀中九日》

**【赏析】**

重阳节至，登高望远，回望故乡。作为漂泊的异乡人，筹备宴席送朋友离开举杯共饮的时候，分外忧伤。

**【人生感悟】**

重阳节美在秋天，美在浓厚的情感，只要心中有情，即便远在天涯，也无法阻挡对亲友的思念和关爱。

> **醉看风落帽，舞爱月留人。**
>
> ——唐·李白《九日龙山饮》

【赏析】

醉意蒙眬之间看到风将帽子刮落，连月亮都喜欢我的舞蹈舍不得我离去，想要将我留下来。

【人生感悟】

在重阳佳节这一天，喝着美酒去山上赏菊，花儿摇曳身姿，我亦跟着舞动。清风明月下，饮酒赏花起舞，在尘世间生活的我们也可以尽情逍遥。

> **三载重阳菊，开时不在家。**
>
> ——明·文森《九日》

【赏析】

三年过去了，故乡的菊花仍在每年重阳节时开放，可惜此时的我正在异乡漂泊，看不到开放之时的盛景。

【人生感悟】

能看见的皆在意料之中，看不到的却在想象之外。世界的壮阔是人无法想象的，我们虽然看不到遥远地方的景象，但可以想象在遥远的地方，也许有许多人和我们一样在挣扎中努力生长，只为向阳。

> **何期今日酒，忽对故园花。**
>
> ——明·文森《九日》

【赏析】

哪里会想到我今日要独自饮酒，只能遥对着故乡的菊花把酒言欢。

【人生感悟】

我们为了更好的生活而在异乡漂泊，心中的故乡会在佳节又至之时而倍加清晰。无论一个人离家多远、多久，内心深处永远铭记家乡。

他乡共酌金花酒，万里同悲鸿雁天。

——唐·卢照邻《九月九日登玄武山》

【赏析】

远在他乡的朋友们此刻一定齐聚一堂，共饮着菊花酒，而我身隔万里，只能悲伤地望着大雁飞往南方。

【人生感悟】

重阳，本身就是一个相逢的节日，它是九与九的相逢，更是酒与酒的相逢。在重阳节，同三两好友，饮四五杯酒，互诉衷肠，将心中的苦闷和不快都宣泄出去吧，同时可以将自己想象成那轻舟已过万重山的李白，想象成那"别人笑我太疯癫，我笑他人看不穿"的唐寅，肆意畅快地饮酒，潇洒不羁地活着，将所有的烦恼通通扔掉！

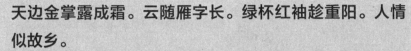 

天边金掌露成霜。云随雁字长。绿杯红袖趁重阳。人情似故乡。

——宋·晏几道《阮郎归·天边金掌露成霜》

**【赏析】**

天宫上金铜仙人掌上的托盘里，露水已经凝结成白霜，大雁此行遥远，只看见云阔天长。绿酒杯，红袖女，不妨趁着重阳佳节，大家同乐一场。

**【人生感悟】**

在经历了许多世事沧桑，感知了许多人情冷暖之后，内心的悲凉依旧伴随左右。佳节又至，那些令人难以忘怀的人或事，如今又历历在目，但真的已经不想再去追忆了。

# 生活篇

闲适闲情

薄纱厨，轻羽扇。枕冷簟凉深院。此时情绪此时天。无事小神仙。

——宋·周邦彦《喜迁莺·梅雨霁》

【赏析】

撑起薄薄的纱帐，轻轻挥动手中的羽扇，躺在庭院深处的竹席上倍觉凉爽。这时的心情就像天空一样明媚，这样的日子简直像神仙一样悠闲。

【人生感悟】

心情就像天气，有时阳光明媚，有时阴雨绵绵。当你心情愉悦时，可以多多发现生活中的小美好。当你心情沮丧时，要学会慢慢等待。地球在动，风儿在吹，阳光总会穿过乌云，好心情就在下一分钟。

**若无闲事挂心头，便是人间好时节。**

——宋·释了一《颂古二十首》

**【赏析】**

千万不要把烦琐闲事搁置在心中，没有烦恼的时候，一年四季都是人间最美好的时节。

**【人生感悟】**

听自己喜欢的话，走自己想走的路，做自己认为对的事情。时光匆匆，我们不该坐等暴风雷雨的离开，而是当风雨打向身体时，试着放下内心的担忧和恐惧。只有学会享受风雨中的苦与乐，才能真正看到绚烂的彩虹。

**鹊绊游丝坠，蜂拈落蕊空。秋千庭院小帘栊。多少闲情闲绪、雨声中。**

——宋·吴潜《南柯子·池水凝新碧》

**【赏析】**

喜鹊绊落了空中飘拂的游丝，蜜蜂采摘过的花朵也都一一落尽。窗外的庭院中，她在绵绵细雨里荡起了秋千，抒发着闲情。

【人生感悟】

太快的生活节奏，会让人心烦乱、情感淡漠。有时候，不用在意这一刻是否得到了什么，静下心去聆听你周围的变化，这种感觉也是很棒的。要知道，只有把平凡的日子溢满欢喜，人生才会更加有趣。

春水碧于天，画船听雨眠。

——唐·韦庄《菩萨蛮·人人尽说江南好》

【赏析】

春天的江水清澈碧绿，比蔚蓝的天空还要好看，躺在绘着彩绘的船上，听着动人的雨声入眠。

【人生感悟】

在一个完全陌生的环境里，放空自我，用心欣赏沿途的美景。旅行的意义就是见众生，见天地，见到最美好的自己。

一品茶，五色瓜，四季花。

——元·张可久《四块玉·乐闲》

【赏析】

静静地喝着清香茶水，吃着香甜的瓜果，欣赏着迷人的花草，这种悠闲自在、自娱自乐的安逸生活，真的令人向往。

【人生感悟】

生活你追我赶，到头来你累我叹。不如以一颗朴素的心，不管是非恩怨，随着流逝的岁月，尽情遨游在多姿多彩的人间。

几时归去，作个闲人。对一张琴，一壶酒，一溪云。

——宋·苏轼《行香子·述怀》

**【赏析】**

何时才能回归田园生活，不再为家国操劳。届时有琴可弹，有酒可饮，有山川溪云可赏，就已经足够了。

**【人生感悟】**

二十岁时，你在给成功的人工作；三十岁时，你开始和成功的人合作；四十岁时，有成功的人为你工作……你穷极一生不过为了幸福生活拼搏，可真正的幸福是你的耳中曲、杯中酒、眼中景和平淡真实的生活。

人淡淡，水蒙蒙，吹入芦花短笛中。

——清·纳兰性德《渔父·收却纶竿落照红》

**【赏析】**

烟水蒙蒙，渔人悠闲自得，听着短笛悠扬的旋律，随着秋风被吹进了芦花丛的深处。

**【人生感悟】**

日出而作，日落而息。顶着红日与暮光，在山水间徜徉；伴着水声和鸟鸣，在天地间游荡。无拘无束的灵魂在大自然中净化，明亮清澈的眼眸中满含畅意和幽静，多么美好的生活啊！多么想像渔人一样惬意生活啊！

倚杖柴门外，临风听暮蝉。渡头余落日，墟里上孤烟。

——唐·王维《辋川闲居赠裴秀才迪》

【赏析】

我拄着拐杖站在茅舍的门外，在风中聆听着暮蝉的吟唱。渡头那边的太阳渐渐西落，村落中的炊烟在空中缕缕飘散。

【人生感悟】

年老是会让人变得温柔的。人老了，头发白了，皱纹多了，脊背弯了，工作尽力了，友情稳定了，爱情走过了，生活美满了，一切都看淡了。此刻的风是暖的，阳光是多彩的，生活是简单的。心情也越来越安静了，因为你能失去的东西越来越少了。

狗吠深巷中，鸡鸣桑树颠。

——晋·陶渊明《归园田居·其一》

【赏析】

深巷中偶尔传来几声狗吠，雄鸡站在桑树上不停鸣叫。

【人生感悟】

三餐四季，种地养鸭，一起吵吵闹闹，一起读书玩耍，这才是人世间最幸福的事情。看那万家灯火明，却不及小家烟火亮。看那桌上饭菜香，杯中酒水浓，亲人常相伴，这样的生活才刚刚好。

理罢笙簧，却对菱花淡淡妆。绛绡缕薄冰肌莹，雪腻酥香。笑语檀郎：今夜纱厨枕簟凉。

——宋·李清照《丑奴儿》

**【赏析】**

我心情极佳，一遍遍奏起笙簧。忽地发觉白日的暑气弄乱了妆容，于是便对着菱花镜，画起了淡淡的晚妆。绛红色的薄衣下是朦朦胧胧的身姿，雪白的玉肌忽隐忽现，散发出阵阵幽香。我柔柔一笑，朱唇慢启："郎君，今晚的竹席真是凉爽啊！"

**【人生感悟】**

就让时光这样慢慢地走吧！最好再慢一点，如此你我之间才能拥有更多更美好的时刻。不需要太多的轰轰烈烈，也不需要数不尽的刻骨铭心，因为平淡的生活里，也处处充满着小惊喜。笙簧为你而弹，晚妆为你而上，你心中懂我，我心中知你，就如今夜的这场风、这场雨，将爱意注入你我的心田。

> 懒起画蛾眉，弄妆梳洗迟。照花前后镜，花面交相映。新帖绣罗襦，双双金鹧鸪。
>
> ——唐·温庭筠《菩萨蛮·小山重叠今明灭》

**【赏析】**

懒懒的，不想去描弯弯的眉毛，迟了好久才起来梳理晨妆。前镜对着后镜将花插好，镜里镜外都是花的婀娜姿态。身上穿起崭新的绫罗襦衣，上面用金线绣着的鹧鸪似要飞起来了。成双成对的鹧鸪又掀起了她的相思之情。

**【人生感悟】**

情不知所起，一往而深。流逝的时光会带走年轻的容颜，但依然想要画上精美的妆容，穿上漂亮的衣衫，只因女为悦己者容。

> 头上倭堕髻，耳中明月珠。缃绮为下裙，紫绮为上襦。
>
> ——汉·佚名《陌上桑》

**【赏析】**

头上梳着堕马髻，耳朵上戴着宝珠耳环。身上穿着印有浅黄色花纹的丝绸做成的裙子，还有那紫色绫缎做成的短袄。

**【人生感悟】**

最美的样子，不是衣来伸手饭来张口，而是画着精致的妆容，流着晶莹的汗水，带上初心和笑容，通过自己的努力和拼搏，过上理想的生活。

**足下蹑丝履，头上玳瑁光。腰若流纨素，耳著明月珰。指如削葱根，口如含朱丹。**

——汉·佚名《孔雀东南飞》

**【赏析】**

她双脚穿着丝鞋，头发上插着闪闪发光的玳瑁簪。腰间束着闪着流光的白绸带，耳垂上挂着明月珠装饰的耳环。她的十个手指似尖尖的葱根又细又嫩，嘴唇上涂得像朱丹一样艳丽。

**【人生感悟】**

我也会红装素裹，我也会衣裙婀娜。当我把真实的自己呈现给你时，请你好好珍惜。现在的我，你不好好珍惜；未来的我，你必高攀不起。

**罗襦不复施，对君洗红妆。**

——唐·杜甫《新婚别》

**【赏析】**

从现在开始，我要脱掉华丽的丝绸嫁衣，当着你的面清洗掉脸上的脂粉，一心一意等你。

【人生感悟】

斯人如彩虹，遇上方知有。最大的幸运就是在最美好的年华遇到了你，而最好的情感从不以爱的名义捆绑彼此。如果你早已刻在他滚烫的心田，那么等待相见的每一天都是刻骨铭心。

一编香丝云撒地，玉钗落处无声腻。纤手却盘老鸦色，翠滑宝钗簪不得。

——唐·李贺《美人梳头歌》

【赏析】

一头长长的香丝乌云般散落在地上，用玉篦静静地梳理着这卷柔软细润的头发。柔嫩的双手抚弄着黑亮的发盘，多么光滑飘逸啊！连珠钗都不能插好。

【人生感悟】

岁月从不败美人。何谓美人？有优雅的特质，因为这是一种自信从容的力量；有美丽的外表，因为这是一种神秘迷人的力量；有高雅的涵养，因为这是一种魅力和智慧的力量。

淡淡梳妆薄薄衣。天仙模样好容仪。

——宋·晏殊《浣溪沙》

【赏析】

清淡的妆容似有似无，轻薄的衣裙干净素雅。容颜身姿却像天上的仙女一般美丽动人。

【人生感悟】

使你内心充盈的并不是华丽的装扮，也不是精美的妆容。光阴会带走美丽的容颜，却带不走纯洁的心灵。做一个安静的女子，不外求，只修心。有时候，素颜示人也是一种动人心魄的美。

凤髻金泥带，龙纹玉掌梳。

——宋·欧阳修《南歌子》

【赏析】

像凤凰一般的发髻高耸在头上，金色的发带闪闪发光，似手掌大小的玉梳上刻着精美的龙纹，横插在乌黑的发髻上。

【人生感悟】

无论男女，都有追求美丽、取悦自己的权利和需求。外在美丽固然重要，但内在修养和气质同样不可或缺。不要盲目地去追求完美，而是学会欣赏自己的独特之处。

晓妆初过，沉檀轻注些儿个。向人微露丁香颗，一曲清歌，暂引樱桃破。

——五代·李煜《一斛珠·晓妆初过》

【赏析】

刚刚画了一个简单的晨妆，唇边还需稍微再点上一些沉檀色的红膏。然后露出洁白的牙齿，笑对众人。接着樱桃小嘴微微张开，唱出了一曲清丽婉转的歌。

**【人生感悟】**

我有一张面具，需要时，画上最精美的妆容，穿上最华丽的衣服，以高贵优雅的姿态示人。然后，隐藏起疲惫不堪的自己，对任何人都说没关系，我可以。

脱我战时袍，著我旧时裳。当窗理云鬓，对镜帖花黄。

——南北朝·佚名《木兰辞》

**【赏析】**

我脱掉了打仗时穿的战袍，穿上了以前的女子衣衫。当着窗户梳理着好看的头发，对着镜子在脸上贴上美丽的花黄。

**【人生感悟】**

都说女性柔弱，可女性拥有的不仅仅是天生丽质的魅力，更多时候，她们的能力和勇气已经比肩男性。她们爱红妆，也爱武装，称得上是真英雄。

万籁生山，一星在水，鹤梦疑重续。

——清·厉鹗《百字令·月夜过七里滩》

**【赏析】**

秋天的声音仿佛从群山中传来，星和月倒映在水中，我怀疑自己又到了驾鹤成仙的梦里。

**【人生感悟】**

工作很忙，生活很累，疲惫的身躯有时需要一个精神寄托。它可能是山，可能是水，可能是星空，也可能只是一场梦。就算是虚无缥缈的世界，也可以成为支撑我们灵魂的桥梁。

夫天地者，万物之逆旅也；光阴者，百代之过客也。而浮生若梦，为欢几何？

——唐·李白《夜宴桃李园序》

【赏析】

天地，是万事万物的旅舍；光阴，是古往今来时间的过客。人的一生如梦如幻，十分短暂，能够真正拥有快乐的人又有几个？

【人生感悟】

繁华似水，匆匆流逝，光阴如梭，一闪而过。在有限的生命里，你以为什么都能抓得住，最终只是一场空。不如调整心情，无论贫穷还是富裕，得到还是失去，只要心情好，事事都会好。

闲梦远，南国正芳春。……闲梦远，南国正清秋。

——五代·李煜《望江南·闲梦远》

【赏析】

闲梦悠远，南唐故国正是春光明媚的时节。

……

闲梦悠远，南唐故国正是秋高气爽的时节。

【人生感悟】

走不出的回忆，容易使人低迷；放不下的过去，容易让心麻痹。人生若只如初见，或许就不会承受种种苦难。奈何缘分使然，梦里看到的花，不过是镜中花。只有珍惜当下，好好生活，心才会安。

世事浮云何足问，不如高卧且加餐。

——唐·王维《酌酒与裴迪》

**【赏析】**

万事万物如浮云一般，皆是过眼云烟不值一提，不如高卧在山林间多吃一些美食。

**【人生感悟】**

生活中的苟且算不上什么，想想美味的烤肉和火锅，肚子可以装下的东西远比心里多。

无论今日过得好坏，你都值得放空自己，做一顿美食，喝一杯美酒。要学会好东西放肚中，好事情放心中。

生去死来都是幻，幻人哀乐系何情。

——唐·白居易《放言五首·其五》

**【赏析】**

生与死其实都是一场幻觉，为了这场幻觉而患得患失值得吗？

**【人生感悟】**

越长大越明白一个道理：生活就是一边得到一边失去。我们赤身裸体来到世界，最终也将两手空空而去。既如此，那些天天都会出现的烦恼根本不重要。不为小事忧，不为大事愁，祸福都得面对，好坏都将过去。

浮生暂寄梦中梦，世事如闻风里风。

——唐·李群玉《自遣》

**【赏析】**

把短暂的人生暂时寄托在梦中吧！让红尘俗世消散在风中吧！

**【人生感悟】**

悲喜自度，他人难悟。只有心态好，幸福才会留住。悲也好，喜也罢，能够真正救赎的只有自己豁达乐观的心态。凡事看开了、想通了，梦也就醒了，烦恼也就散了。

神仙更有神仙着，毕竟输赢下不完。

——明·苍雪《禅诗四首·其二》

**【赏析】**

下棋就如神仙打架，哪怕历经上千年也难以分出胜负。

**【人生感悟】**

人生不就是一盘棋吗？高手过招，落子无悔。无论你是下棋者，还是观棋者，都逃脱不掉命运的桎梏。人间走一遭，根本没有能下完的棋，所以凡事不必非要分出个胜负。

**世事一场大梦，人生几度秋凉。**

——宋·苏轼《西江月·中秋和子由》

**【赏析】**

世间事恍如大梦一场，人生经历了几度新凉的秋季？

**【人生感悟】**

太阳东升西落，每一天似乎都在上演着同样的剧情。生命在无限循环中悄悄流逝，往昔如烟散不去，前路似雾看不清。人生这场戏充满了爱恨癫痴，待到曲终人散时，方能如梦初醒。

**江北江南几度秋，梦里朱颜换。**

——宋·周紫芝《卜算子·席上送王彦猷》

**【赏析】**

江南江北的秋风几度吹过，如梦的岁月苍老了我们的容颜。

**【人生感悟】**

年年岁岁花相似，岁岁年年人不同。我们既然无法掌握生命的长度，那就在有限的时间中丰富生命的宽度吧！

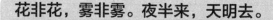
花非花，雾非雾。夜半来，天明去。

——唐·白居易《花非花》

【赏析】

像花不是花，似雾却不是雾。夜半时分到来，天明之时离去。

【人生感悟】

人生不正是这样的吗？看不到，摸不着，悄悄来，静静走。我们恰如岁月中的一粒沙，走过春夏秋冬的变换，却留不住景中人、人间事。人生这个道场，任谁皆是过客，那就潇潇洒洒走一次，从从容容活一遭。

饮酒品茗

风流再莫追思，塌了酒楼，焚了茶肆，柳营花市，更呼甚燕子莺儿！

——元·张可久《小梁州·蓬窗风急雨丝丝》

**【赏析】**

风流韵事已成为往事，不该再去回忆追思。昔日的酒楼已经塌了，茶肆也被焚烧殆尽，歌台妓院已经变成了军营，那些婉婉低吟、翩翩起舞的女子再也找不到了。

**【人生感悟】**

朋友，请记住：失去了苦恼，快乐便会降临；失去了奔波，时间会变得充裕；失去了嫉恨，内心将会变得坦然；失去了青春年华，阅历会变得丰富起来。得到之时，我们应该加倍珍惜；失去之后，我们也该淡然处之。

**劝君更尽一杯酒，西出阳关无故人。**

——唐·王维《送元二使安西》

【赏析】

朋友，请再喝一杯离别的美酒吧！向西出了阳关之后就再难遇到故人了。

【人生感悟】

酒是有生命热度的，推杯换盏之间，情谊不用多说，喜悦不用多说，忧愁更不用多说。当你有话难言、有情难溢时，就倒一杯美酒，让它滑过舌尖，涌入喉咙，沸腾在心田，而你早已沉醉在梦间。

**被酒莫惊春睡重，赌书消得泼茶香，当时只道是寻常。**

——清·纳兰性德《浣溪沙·谁念西风独自凉》

【赏析】

醉酒后小睡了一会儿，春日光景正浓。在闺中和你赌书时，衣衫上沾满了茶的清香。昔日这份恩爱的美好时光，在当时只觉得是寻常之事，如今却回不去了。

【人生感悟】

酒是回味无穷的，酒是刻骨铭心的。喝酒的人却是孤独的，也是伤心的。明明想用酒来麻痹自己，却在大醉之后更为清醒。才发现，身边少了的那个人，早已随着烈酒流进了五脏六腑中。

> **酒困路长惟欲睡，日高人渴漫思茶。**
>
> ——宋·苏轼《浣溪沙·簌簌衣巾落枣花》

**【赏析】**

路途漫漫，喝酒后困意袭来快要睡着了。太阳高挂空中，不免使人感到疲倦口渴，好想讨些茶水来喝。

**【人生感悟】**

茶能体现一个人的品位和修养。在茶香中，我们可以领略到生活的美好，洗净心灵尘埃，寻找内心的宁静。

> **待羔儿、酒罢又烹茶，扬州鹤。**
>
> ——宋·辛弃疾《满江红·和范先之雪》

**【赏析】**

吃完了羊羔肉，酒也喝尽兴了，又煮了清茶品尝，像今日这般衣食无忧，骑鹤下扬州的美事还能享受多久呢？

**【人生感悟】**

喝酒吃肉、腰缠万贯，这种美事能够享受多久呢？人生来赤条条，死后也终会化为一抔土，对于这种吃穿用度极致的追求永远不停，因此而造成的困扰也会伴随一生。

**无由持一碗，寄与爱茶人。**

——唐·白居易《山泉煎茶有怀》

【赏析】

手中端着一碗清茶不需要什么理由，只是把心中的情感寄予了爱茶的人。

【人生感悟】

好酒不怕晚，好茶不怕闷。人这一辈子，彼此能够相遇相识，实属不易。有人会锦上添花，有人能雪中送炭，还有人只用静静坐在你的面前，一起喝喝茶、谈谈天，就足够了。

**遇酒且呵呵，人生能几何。**

——唐·韦庄《菩萨蛮·劝君今夜须沉醉》

【赏析】

既然有美酒可饮，我再怎么样也得打起精神来，人生能有多长时间呢？

【人生感悟】

你曾拥有的，都将成为过去，而你曾失去的，终有一天会再次来到你的身边。人世间兜兜转转几十载，最终，我们都将按自己喜欢的方式度过一生。

> **醉翁之意不在酒，在乎山水之间也。山水之乐，得之心而寓之酒也。**
>
> ——宋·欧阳修《醉翁亭记》

【赏析】

醉翁的情趣不在于喝酒，而是欣赏山水之间的美景。而欣赏山水美景的乐趣，虽然领会在心中，寄托却在酒上。

【人生感悟】

酒是有生命的，它似乎格外懂得人的情感。心境不同，喝出的酒味也会不同，或清或烈，或甜或苦，或香或涩。喝下去的是酒，品出来的却是人生百态。

> **何以解忧？唯有杜康。**
>
> ——东汉·曹操《短歌行》

【赏析】

靠什么来排解心中的烦闷呢？唯有尽情饮酒了。

【人生感悟】

快要坚持不下去的时候，可以痛痛快快喝一场，将所有的委屈和不爽都倾诉出来发泄出来。然后倒头就睡，把疲累的心停靠在醉梦里，把生活的苦吞咽在肚子里，把新的希望燃烧在初醒的时刻。

美味佳肴

> **雪沫乳花浮午盏，蓼茸蒿笋试春盘。人间有味是清欢。**
>
> ——宋·苏轼《浣溪沙·细雨写风作晓寒》

【赏析】

春意寒凉，在午后泡上一杯浮着雪沫乳花一般的清茶，再品尝着用山间蓼芽蒿笋烹制成的嫩绿素菜。这种清淡的欢愉恰恰是人间最有滋味的生活。

【人生感悟】

开心是甜甜的蛋糕味，难过是苦苦的咖啡香，惊喜似椒香麻辣般带给我们新的感触，失落在酸酸涩涩中慢慢晕开。每一种美味都曾默默地治愈着我们的心灵。

**豆粥能驱晚瘴寒，与公同味更同餐。**

——宋·黄庭坚《答李任道谢分豆粥》

【赏析】

寒冷的季节里，一碗简单的、温暖的豆粥可以驱散寒冷和饥饿，与友人一起喝的话，会更加美味。

【人生感悟】

最暖的日子是：爱人相伴，友人相陪，一年四季，一日三餐。餐餐饭饭皆生活，平平淡淡才是真。

**短篷炊饮鲈鱼熟，除却松江枉费诗。**

——宋·辛弃疾《鹧鸪天·送欧阳国瑞入吴中》

【赏析】

吴中一地风景优美，鲈鱼肥美，你此去正好可以乘着小船，品尝佳肴，饮酒作诗。

【人生感悟】

我们不仅可以在食物中寻找快乐，还可以在食物中寻找安慰，消化悲伤。也只有尝遍了酸甜苦辣，才会发现，多滋多味的生活是真的精彩。正所谓人间烟火气，最抚凡人心。

**劝君速吃莫踟蹰，看被南风吹作竹。**

——宋·钱惟演《玉楼春》

【赏析】

想要吃到最好吃的竹笋，一定要在它最嫩的时候，不然它很快就会被夏天的风吹成竹子。

【人生感悟】

成功很难，因为通向它的道路十分漫长，且没有捷径。成功不难，要学会珍惜当下，在合适的时候干适合的事情。

东门买彘骨，醯酱点橙薤。蒸鸡最知名，美不数鱼蟹。

——宋·陆游《饭罢戏作》

【赏析】

东门买肉排，用橙薤调制酱油。鱼蟹虽然肥美，但蒸鸡是最好吃的。

【人生感悟】

吃货们都喜欢在各种各样的街道中穿梭，发现街道上每家店铺里的美味。因为吃是一种快乐的行为，懂吃的人一定是快乐的。

白鹅炙美加椒後，锦雉羹香下豉初。箭茁脆甘欺雪菌，蕨芽珍嫩压春蔬。

——宋·陆游《饭罢戏示邻曲》

【赏析】

烧烤白鹅要加上花椒味道才更鲜美，野鸡羹在锅中下豆豉时最香。又脆又甜的竹笋比雪白的蘑菇还要好吃，又绿又嫩的蕨菜芽称得上是春天最好吃的蔬菜。

【人生感悟】

没有人生来就会做菜，就好像没有人生来就可以把日子过得红火。一年三百六十五日，无论是做菜还是过日子，保持热烈的心，要让每一天都有收获，到后来你就会成为生活中的王者。

水为乡，篷作舍，鱼羹稻饭常餐也。

——五代·李珣《渔歌子·荻花秋》

【赏析】

青山绿水就是我的家乡，小船篷帐就是我的房屋，再珍贵的美酒佳肴，也比不上我一日三餐吃的稻米鱼虾。

【人生感悟】

人贵在知足，凡事无须攀比，因为遇到的时间不同，经历和得到就会不同。人世间最美好的事情就是，懂得好好享受身边的一切美好，也留得住身边美好的一切。

日啖荔枝三百颗，不辞长作岭南人。

——宋·苏轼《惠州一绝》

【赏析】

如果每天都可以吃到三百颗荔枝，我愿意永远都做岭南的人。

【人生感悟】

人间的烟火气来自不同的食物，它们能够让人静下心来。无论是多么简单的一种美食，都有足够的魔力让你回味无穷。

**醋酽橙黄分蟹壳，麝香荷叶剥鸡头。**

——宋·刘辰翁《望江南·秋日即景》

【赏析】

秋天到了，不仅可以用醋和橙子来酿螃蟹吃，还可以采摘麝香荷叶剥鸡头吃。

【人生感悟】

四季是分明的，春天使人心生希望，夏天使人朝气蓬勃，秋天使人孤独悲凉，冬天使人冷若冰霜。四季又是朦胧的，无论哪个季节，都有不同的食物来满足人们的需求。

**无肉令人瘦，无竹令人俗。**

——宋·苏轼《於潜僧绿筠轩》

【赏析】

人不吃肉会变瘦，家无竹子会变庸俗。

【人生感悟】

法国美食家让·安塞尔姆·布里亚特-萨瓦林说："只要告诉我你爱吃什么，我就能知道你是什么样的人。"一个人对食物的喜好，可以反映出他的性格。

儿时欢愉

童孙未解供耕织，也傍桑阴学种瓜。

——宋·范成大《四时田园杂兴·其三十一》

【赏析】

看呀！活泼的孩子们虽然不会像大人一样耕田织布，却也在那棵桑树荫下学种瓜呢！

【人生感悟】

童年生活里有什么？当然是无忧无虑的快乐时光啦！下河摸鱼，上树掏鸟，路边学着青蛙叫。童年就像一棵小树，陪着我们渐渐长大。树慢慢长高长大，带给了我们无穷无尽的想象。灿烂的阳光洒在五颜六色的鹅卵石上，童年就是那闪闪发着的光。

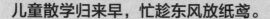
儿童散学归来早，忙趁东风放纸鸢。

——清·高鼎《村居》

**【赏析】**

儿童们迫不及待地回家，迎着春风放起了纸鸢。

**【人生感悟】**

童年的快乐是无价的，是生命中最珍贵的宝藏。它提醒我们即使长大成人，也要保留内心的纯真和对生活的热爱，因为快乐源于内心。

青枝满地花狼藉，知是儿孙斗草来。

——宋·范成大《春日田园杂兴》

**【赏析】**

青翠的枝叶和残花落了满地，却并不觉得生气，心里清楚地知道是孩子们又来玩斗草的游戏了。

**【人生感悟】**

孩子们的无忧无虑是大自然的恩赐，他们的笑声是世界上最美的音乐。在生活的繁忙中，不要忘记欣赏身边的美好，让心灵清新如春。

大儿锄豆溪东，中儿正织鸡笼。最喜小儿亡赖，溪头卧剥莲蓬。

——宋·辛弃疾《清平乐·村居》

【赏析】

大儿在溪边的豆田锄草，二儿在家织鸡笼，顽皮的小儿则悠闲地躺在溪头的草丛剥起了莲蓬。

【人生感悟】

乡村生活多么和谐宁静、朴素安适。家是温暖的港湾，家人的笑容是最真实的幸福。在奔波的岁月中，不要忘记陪伴家人，因为亲情是永恒的温暖。

> 小娃撑小艇，偷采白莲回。不解藏踪迹，浮萍一道开。
>
> ——唐·白居易《池上》

【赏析】

一个小孩子撑着小船，在池塘中偷偷采摘白色的莲花，不懂得藏起自己的行踪，浮萍被船儿荡开，水面上留下了一条长长的水线。

【人生感悟】

天真可爱的孩子们对世界充满好奇和探索，他们的动作神情是如此可爱，我们要欣赏孩子们纯真的心灵，因为他们让生活充满了生气，充满了欢乐。

一叶渔船两小童，收篙停棹坐船中。怪生无雨都张伞，不是遮头是使风。

——宋·杨万里《舟过安仁》

【赏析】

一个小小渔船上有两个可爱的孩童，他们不知为何收起了手里的竹竿，停下了船桨，从船中拿出了伞。我还在奇怪为什么并没有下雨他们就张开了伞，原来他们把手中的伞当作了帆让船前进啊。

【人生感悟】

我们应该珍惜生活中的点滴美好，不要让烦忧占据内心，要像孩子一样纯真地享受生活中的美妙瞬间，因为它们如同儿童的笑容一样珍贵。

戏掬清泉洒蕉叶，儿童误认雨声来。

——宋·杨万里《闲居初夏午睡起·其二》

【赏析】

百无聊赖之中双手捧着水去浇园子中的芭蕉，淅淅沥沥的水声传递到玩耍的儿童耳中，他们面带惊讶还以为倏然下起雨来了。

**【人生感悟】**

温柔的风吹过广阔的原野，童年舞动着欢快的身姿。时光易逝，容颜易老，曾经的孩童转眼间已经长大，唯有童年的印记，依旧是我们生命中最珍贵的风景。

> **儿童急走追黄蝶，飞入菜花无处寻。**
>
> ——宋·杨万里《宿新市徐公店》

**【赏析】**

欢乐与童趣如在眼前。天真活泼的儿童奔跑着去追蝴蝶，然而黄色的蝴蝶却一下子飞到了金黄色的油菜花田里，再也找不到了。

**【人生感悟】**

童趣就是一想到孩子们搔首踟蹰、欢快奔跑、苦笑玩耍的多变模样，便忍不住笑了出来。他们的天真与纯粹，都融化在美好的春光里，让人童心复萌。

> **蓬头稚子学垂纶，侧坐莓苔草映身。路人借问遥招手，怕得鱼惊不应人。**
>
> ——唐·胡令能《小儿垂钓》

**【赏析】**

面孔稚嫩的孩童正坐在河边的碧草丛中，聚精会神学习垂钓，见路人出声问路连忙摆摆手，生怕惊到他要上钩的鱼儿。

【人生感悟】

美国心理学家朱迪丝·哈里斯曾说过："玩耍是儿童的工作，是他们学习和探索自己和周围世界的方式。"无忧无虑地专心玩耍才是孩子们应该做的事情，是童年最原本的模样。

> 牧童骑黄牛，歌声振林樾。意欲捕鸣蝉，忽然闭口立。
>
> ——清·袁枚《所见》

【赏析】

牧童骑着黄牛，轻轻挥舞着手中的鞭子，唱起了欢快的歌，歌声穿过了树林，响彻云端。歌唱戛然而止，儿童静静地站在一边，原来是想去捕捉树上鸣叫的知了。

【人生感悟】

从前的从前，那个被风吹过的夏天，无忧无虑的我们，即便只是望着湛蓝的天发呆，内心也格外悠然。

> **草铺横野六七里，笛弄晚风三四声。归来饱饭黄昏后，不脱蓑衣卧月明。**
>
> ——唐·吕洞宾《牧童》

【赏析】

旷野里碧草连绵数里，晚风里是笛子清脆的声音。夕阳西下回家吃完晚饭，索性就穿着蓑衣躺在院子里看明亮的月亮。

【人生感悟】

小时候，我们总想着长大，长大后才知道大人们的艰辛和人生的苦楚。那时的我们多么潇洒、多么自如，以天为盖、地为庐，追风赏月听笛声，就像野草一样自在、欢快。

家乡篇

难忘家乡

人言落日是天涯，望极天涯不见家。

——宋·李觏《乡思》

**【赏析】**

人们常说，太阳西落的地方就是天涯，于是我竭尽全力朝天涯望去，却始终看不到我的家乡。

**【人生感悟】**

小时候，我们都盼望着赶快长大，渴望追求外面的世界，体验波澜壮阔的人生，等到真的经历了世事变化、人情冷暖后，又开始越来越想念家乡。

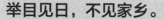
举目见日，不见家乡。

——宋·赵鼎《行香子》

**【赏析】**

太阳即便再遥远，抬头便可见，而身在异乡的我却望不到那个生我养我的故乡。

**【人生感悟】**

《世说新语》中记载：晋元帝曾问明帝："长安与太阳谁远？"明帝最初说是太阳远，因为没有人真正见过太阳从何处升起。而后转念一想说是长安远，因为即便路途可以计算，抬眼间也不可见。每一个抬头远望的瞬间，流露的是我的思念。

少小离家老大回，乡音无改鬓毛衰。

——唐·贺知章《回乡偶书》

**【赏析】**

年少之时我就离开了家乡，直到年老体衰才得以回来。我的家乡话虽然不曾改变，但头上的鬓发却已稀白。

**【人生感悟】**

走了很远的路，看了很多的风景，吃了很多的美味，最终才明白，最喜欢的路还是回家的路，最爱看的风景还是家乡的春夏秋冬，最爱吃的食物还是亲人做好的热腾腾的饭菜。

**近乡情更怯，不敢问来人。**

——唐·宋之问《渡汉江》

【赏析】

离故乡已经越来越近了，我的心中却越发胆怯，很想立刻知道家乡的消息，却不敢询问从家乡过来的人。

【人生感悟】

好久不见、音信全无的这些年，心中时常会想起家乡的事情。曾经刻意表现出来的坚强和独立，在返乡之时轰然崩塌。亲人啊！很想看看你熟悉又陌生的容颜，却害怕听到你这些年过得好与不好的消息。

**此夜曲中闻折柳，何人不起故园情。**

——唐·李白《春夜洛城闻笛》

【赏析】

客居他乡的夜晚，一曲《折杨柳》断断续续飘入耳中。此情此景，谁又能不生出思念家乡的伤感呢？

【人生感悟】

一句家乡语使人泪两行，一首思乡曲涌起万千愁。家是什么？家是人生路上那盏最温暖的灯；家是迷茫之时，那柔软宽容的拥抱；家是收获喜悦后，那声真诚清脆的笑语。无论你在哪里？只要你想回头，家永远在你的身后。

**暖暖远人村，依依墟里烟。**

——晋·陶渊明《归园田居》

**【赏析】**

邻村的屋舍在远处若隐若现，袅袅炊烟飘荡在村落的上方。

**【人生感悟】**

搭起几间草屋，开辟几亩田地，养一群鸡鸭，种一排翠竹。秋日里，酿起醇厚的竹叶酒；春光中，捧起红泥小炉，烹制一碗香茶。淡然去生活，坦然去感受，这种岁月静好的时光，也只有家乡才能够赋予我们。

**故乡何处是，忘了除非醉。**

——宋·李清照《菩萨蛮·风柔日薄春犹早》

**【赏析】**

我日夜思念的家乡在哪里呢？怕是只有在醉梦里，才能忘记我思乡的苦楚吧！

**【人生感悟】**

经历过战乱，失去了爱人，你是否也曾像李清照这般失意？是否也曾如她一般，待到岁月蹉跎之后，能够回望的只剩下远方的家乡。这种无法挥洒的愁苦乡思该如何化解呢？不如喝一壶酒吧！家乡会出现在你的梦中。不如做一道家乡菜吧！熟悉的味道会冲淡你的哀伤。又或者，用尽全力喊出你藏在心底的那句话：想家了。

风一更，雪一更，聒碎乡心梦不成，故园无此声。

——清·纳兰性德《长相思·山一程》

**【赏析】**

帐篷外风声不断呼啸，地上的白雪又深了一层，嘈杂的声音扰乱了我的思乡梦，我遥远的家乡里可没有这样的声音啊！

**【人生感悟】**

家就是一栋房子，房外电闪雷鸣，房内柔光暖暖。抬头看万千灯火闪闪，每一盏都在讲着不同的故事。也曾害怕走黑路，也曾想早点归家，可我知道，生活没有止疼药，成长都是单枪匹马闯出来的。既如此，莫要辜负了此刻的孤独，这是回家后无法再有的感触。

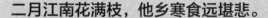

二月江南花满枝，他乡寒食远堪悲。

——唐·孟云卿《寒食》

【赏析】

江南的二月，正是百花挂满枝头的好时节。我却独自一人远走他乡，如今又恰逢寒食节，我的心中只剩无限的凄凉了。

【人生感悟】

古时寒食节与清明相连，有缅怀故人、拜祭洒扫的习俗。一扫心中灰霾，目光明远；二扫前路污秽，路途畅通；三扫碌碌琐事，身康体健；四扫烦恼迷茫，幸福开朗。云卷云舒，花谢花开，异乡的人，你也该带上对亲友的美好祝愿，为生活种下美好的希望。

一叫一回肠一断，三春三月忆三巴。

——唐·李白《宣城见杜鹃花》

【赏析】

杜鹃的声音凄厉悲凉，每每啼鸣总能使我愁肠寸断。早春三月，百花盛开，百鸟啼鸣，多么美好的季节，我却在思念着遥远的故乡。

【人生感悟】

有时，对家乡的思念像是野草疯狂蔓长。家乡可能没有繁华的灯火，可能没有高深的城楼，也可能没有热闹的街头巷尾。但家乡的一山一水、一草一木、一花一叶，偏偏在漂泊的时刻，像是解不开的愁，能下眉头，却不下了心头。

**共看明月应垂泪，一夜乡心五处同。**

——唐·白居易《望月有感》

【赏析】

就算分散在不同的地方，同看着一轮明月，亲友们也会伤感流泪。对家乡的思念心情，大家都是一样的。

【人生感悟】

谁的心中没有乡愁呢？像是一曲悠扬的笛音，徘徊在我们心间久久不散；像是一个古老的神话，代代相传却不曾流失；更像是一艘小船，早已载着思念奔向远方。想家的时候，就抬头看看月亮吧！家乡就荡漾在那片月光之下呢！

写得家书空满纸。流清泪，书回已是明年事。

——宋·陆游《渔家傲·寄仲高》

**【赏析】**

空白的纸上已经写满家书，不由间双眼蒙眬，两行思乡泪渐渐流出。只怕待到明年时才会有回信。

**【人生感悟】**

异乡人是格外孤独的，难以实现的梦想、跌跌撞撞的经历、颠沛流离的生活，无时无刻不在催生着心中的哀伤。但是，孤独有时也是人生的调味剂，它看似冷漠，却能给你带来顽强的意志力。学会孤独，学会生活，你会收获一个不同的自己。

**送子军中饮，家书醉里题。**

——唐·岑参《碛西头送李判官入京》

【赏析】

今日我们举杯共饮，来日你我便要分离，我带着醉意写下了家书，深情凝结在字里行间，劳烦你替我传递。

【人生感悟】

家书是心灵的纽带，它不仅传达着对家人的思念，更是爱的见证。即使身处陌生的地方，即使面临未知的挑战，家书依然是我们坚定信仰的源泉，是情感的抚慰，是温暖的火光。

**乡书何处达？归雁洛阳边。**

——唐·王湾《次北固山下》

【赏析】

家书要送往哪里呢？就托北归的大雁穿越千里，传递到洛阳那边吧！

【人生感悟】

家书有时就像爱的使者，它超越时空，只为传递我们炙热的感情。每一封书信都是一份深情的告白，每一字都诉说着对家人的怀念。无论离家多远，我们的心与家人紧紧相连。

**烽火连三月，家书抵万金。**

——唐·杜甫《春望》

【赏析】

肆虐的战火延续到了现在，此时比上万两黄金还珍贵的便是那一纸家书。

【人生感悟】

当游子在外漂泊时，当人生陷入低谷时，家书代表着希望，会为灰暗的生活注入力量。尽管生活困苦，但家人的关心和陪伴能给予我们坚韧与勇气，家人的期盼与祝福将给予我们前行的力量。

> 寄语红桥桥下水，扁舟何日寻兄弟？行遍天涯真老矣。
>
> ——宋·陆游《渔家傲·寄仲高》

【赏析】

身在远方的我想问家乡红桥下的流水，我何时才能驾着扁舟到桥下寻找我的朋友？行走四方的我早已两鬓斑白，愁思满怀。

【人生感悟】

随着年龄的增长，对家的依恋愈发深厚，即便离家数年，家乡的一景一物都印在心间。疲惫时，家永远为你敞开怀抱，等你归来。

江水三千里，家书十五行。行行无别语，只道早还乡。

——明·袁凯《京师得家书》

【赏析】

奔腾的江水绵延三千里，而家书只有短短十五行，字里行间没有其他的言语，只是写满了期待游子回家的话语。

【人生感悟】

家书里的文字虽短但蕴含了无尽的思念，每一行都传递着对家人的深情，漫漫长路，家就是归途。

云中谁寄锦书来？雁字回时，月满西楼。

——宋·李清照《一剪梅·红藕香残玉簟秋》

【赏析】

凝望着那舒卷的白云，谁会寄一封充满思念的锦书回来？大雁飞回来的时候，皎洁的月光已经洒满了高楼。

【人生感悟】

家书是时光的见证，是爱的表达，无论我们相隔多远，思念却从未搁浅，想你在每一个白天黑夜。

洛阳城里见秋风，欲作家书意万重。复恐匆匆说不尽，行人临发又开封。

——唐·张籍《秋思》

**【赏析】**

在洛阳城内，感受到了秋风的吹拂，于是我们心生思念之情，渴望将心中的情感写成家书。行人即将离去，我匆匆忙忙地再次打开信封，让深情的言辞继续流淌。

**【人生感悟】**

思绪万端，愁肠百转，纵有千言万语，书信百卷，又如何写尽情感？不如早日回家，回到最初的温暖。

寄书长不达，况乃未休兵。

——唐·杜甫《月夜忆舍弟》

**【赏析】**

兵荒马乱的时候，寄出洛阳城的家书长时间未能送达，本就惦念家人的我们，心情愈加沉重。

**【人生感悟】**

只要你细心品味，有时候家人的关心不只在人生大事里，还藏在日常的琐碎里，忙碌的我们可能从未发现，但是这份深情终将抵达心间。

> **远梦归侵晓，家书到隔年。**
>
> ——唐·杜牧《旅宿》

**【赏析】**

朦胧间梦到归家，还未实现就被黎明唤醒，只觉内心怅然，家书寄到已经时隔一年。

**【人生感悟】**

分别太久，该如何抑制对重逢的渴望？时光再匆匆，等待再漫长，我们依然满怀期盼，希冀着收到家书，盼望着回家那天。

> **马上相逢无纸笔，凭君传语报平安。**
>
> ——唐·岑参《逢入京使》

**【赏析】**

匆匆忙忙间相遇，但是却无纸笔可用，只能让使者向家人传达平安的口信。

**【人生感悟】**

归途漫漫，你我互相挂牵，哪怕不能长久相伴，也要时时报平安。祝你平安，平安勿念。平安二字虽短，但是却饱含了深情和温暖。